国粹文丛

古 耜／主编

草木童心

谢宗玉／著

中国言实出版社

图书在版编目（CIP）数据

草木童心 / 谢宗玉著 . -- 北京：中国言实出版社，
2018. 11
（国粹文丛 / 古耜主编）
ISBN 978-7-5171-2923-3

Ⅰ . ①草…　Ⅱ . ①谢…　Ⅲ . ①散文集－中国－当代
Ⅳ . ① I267

中国版本图书馆 CIP 数据核字（2018）第 207398 号

出 版 人：王昕朋
总 监 制：朱艳华
责任编辑：严　实
文字编辑：赵　歌
责任校对：张　强
出版统筹：冯素丽
责任印制：佟贵兆
封面设计：杰瑞设计

出版发行　中国言实出版社
　　　　　地　　址：北京市朝阳区北苑路 180 号加利大厦 5 号楼 105 室
　　　　　邮　　编：100101
　　　　　编辑部：北京市海淀区北太平庄路甲 1 号
　　　　　邮　　编：100088
　　　　　电　　话：64924853（总编室）　64924716（发行部）
　　　　　网　　址：www.zgyscbs.cn
　　　　　E-mail：zgyscbs@263.net
经　　销　新华书店
印　　刷　北京温林源印刷有限公司
版　　次　2019 年 5 月第 1 版　　2019 年 5 月第 1 次印刷
规　　格　710 毫米 ×1000 毫米　1/16　14.25 印张
字　　数　185 千字
定　　价　68.00 元　　ISBN 978-7-5171-2923-3

活着的传统　身边的国粹

——国粹文丛总序

古　耜

　　在实现中华崛起、民族复兴的伟大历史进程中，文化自信至关重要。而若要问：文化自信"信"什么，哪里来？这就不能不涉及优秀的中国传统文化——对于国人而言，优秀的传统文化既是孕育文化自信的沃土，又是支撑文化自信的基石。唯其如此，我们说：从中国历史的特定情境出发，坚守中国文化立场，赓续中国文化血脉，弘扬中国文化风范，重建中国文化传统，是历史的嘱托，也是时代的呼唤。

　　怎样才能把优秀的传统文化发扬光大，使其重新进入国人的精神生活与社会实践？围绕这个大题目，一些专家学者发表了很有建设性的意见。譬如刘梦溪先生在一次演讲中就郑重指出："传统的重建，有三条途径非常重要：一是经典文本的研读；二是文化典范的熏陶；三是文化礼仪的训练。"（《文学报》2010 年 4 月 8 日）应当承认，刘先生的观点高屋建瓴而又切中肯綮。事实上，近年来中国传统文化在全社会的强势回归与有效传播，也主要是从这三个方面展开的。

　　在刘先生所指出的三条路径中，所谓"经典文本研读"，自然是指对承载着传统文化基本精神与核心理念的经典著作进行研究和解读。这方面的工作以学术界为主体，着重在"知"的层面展开，其系统梳理和准确诠释固然必不可少，但更重要的恐怕还是立足于时代的高度，扬长避短，推陈出新，最终实现传统文化的创造性转化和创新性发展。而所谓"文化礼仪训练"，则包含对人，尤其是对青年一代进行思想、伦理、道德教育的内容，因而涉及学校、家庭、社会等多个领域，并更多联系着"行"——付诸实践，规范行为的因素。《论语·泰伯》曰："兴于诗，立于礼，成于乐。"意思是说，达"礼"行"礼"是人在社会上安身立命的根本和标志。孔子所言之"礼"与今日所兴之"礼"，固然有着本质不同，但圣人对礼的高度重视和反复强调，却依旧值得我们作"抽象继承"（冯友兰语）。

相对于"经典文本研读"和"文化礼仪训练"，刘先生所强调的"文化典范熏陶"，显然是一项"知"与"行"相结合的大工程。毫无疑问，在通常情况下，"文化典范"自然包括先贤佳制、经典文本，只是在刘先生演讲的特定语境和具体思路中，它应当重点指那些有物体、有形态，可直观、可触摸的优秀文化遗存。如古建筑、古村落、著名的人文胜迹、杰出的历史人物，还有艺术层面的书法、国画、戏剧、民歌、民间工艺，器物层面的"四大发明"，以及青铜、陶瓷、漆器、丝绸、茶叶、中药，等等。如果这样理解并无不妥，那么可以断言，刘先生所说的"文化典范"在许多方面同非物质文化遗产有交集、有重合，就其整体而言，则属于一种依然活着的传统，是日常生活里可遇可见的国粹。显而易见，这类文化遗产因自身的美妙、鲜活、具体和富有质感，而别有一种吸引力、亲和力与感染力。将它们总结盘点，阐扬光大，自然有益于现代人在潜移默化中走近传统文化，加深对它的理解，提高对它的认识，增强对它的感情，进而将其融入生活和生命，化作内在的、自觉的价值遵循。这应当是"典范熏陶"的优势和力量所在。

正是基于以上体认，笔者产生了一种想法：把自己较为熟悉和了解的当下散文创作同文化典范熏陶工作嫁接起来，策划组织一套由优秀作家参与、以艺术和器物层面的"文化典范"为审视和表现对象的原创性散文丛书，以此助力传统文化的重建与发展。这一想法很快得到中国言实出版社社长、实力小说家王昕朋先生的积极认同。在他的鼎力支持和热情推动下，一套视野开阔、取材多样、内容充实的"国粹文丛"，顺利地摆在读者面前。

"国粹文丛"包含十位名家的十部佳作，即：瓜田的《字林拾趣》，初国卿的《瓷寓乡愁》，乔忠延的《戏台春秋》，王祥夫的《画魂书韵》，吴克敬的《触摸青铜》，刘华的《大地脸谱》，刘洁的《戏里乾坤》，马力的《风雅楼庭》，谢宗玉的《草木童心》，张瑞田的《砚边人文》。

以上十位作家尽管有着年龄与代际的差异，但每一位都称得上是笔墨稔熟、著述颇丰的文苑宿将，其中不乏国内重要奖项的获得者。长期以来，他们立足不尽相同的体裁或题材领域，驱动各自不同的文心、才情与风格、手法，大胆探索，孜孜以求，其粲然可观的创作成绩，充分显示出一种植根生活，认知历史，把握现实，并将这一切审美化、艺术化的能力。这无疑为"国粹文丛"提供了作家资质上的保证。

值得特别指出的是，这十位作家不仅是文学创作的行家里手，而且大都有着相当专注的个人雅爱，乃至堪称精深的专业修养和艺术造诣。如王祥夫是享誉艺苑的画家、书法家；张瑞田是广有影响的书法鉴赏家和书法家；吴克敬是登堂入室的书法家，也是有经验的青铜器研究者；初国卿常年致力于文化研究与文物收藏，尤其熟悉陶瓷历史，被誉为国内"浅绛彩瓷收藏与研究的标志性人物"；刘华多年从事民间艺术和民风民俗的田野调查与理论探照，不仅多有材料发现，而且屡有著述积累；马力一生结缘旅游媒体，名楼胜迹的万千气象，既是胸中丘壑，又是笔端风采；乔忠延对历史和文物颇多关注，而在戏剧和戏台方面造诣尤深，曾有为关汉卿作传和遍访晋地古戏台的经历；瓜田作为大刊物的大编辑，一向钟情于汉字研究，咬文嚼字是其兴趣所在，也是志业所求；刘洁喜欢中国戏剧，所以在戏剧剧本里寻幽探胜，流连忘返；谢宗玉热爱家乡，连带着关心家乡的草木花卉，于是发现了遍地中药飘香。显然，正是这些生命偏得或艺术"兼爱"，使得十位作家把自己的主题性、系列性散文写作，从不同的门类出发，最终聚拢到中国传统文化的大向度之下。于是，"国粹文丛"在冥冥之中具备了翩然问世的可能。

"红白莲花共玉瓶，红莲韵绝白莲清。"我想，用宋人杨万里的诗句来形容这套"各还命脉各精神"的"国粹文丛"，大约算不得夸张。愿读者能在生活的余裕和闲暇里，从容步入"国粹文丛"的形象之林和艺术之境，领略其神髓，品味其意蕴！

戊戌秋日于滨城

｜ 目　　录

序：散文写作要有精神根据地

谢有顺

　　谢宗玉的这本散文集中写了六十种药用植物，栀子花、七叶樟、臭牡丹、合欢花、苍耳子、灯芯草、望江南、车前子、鸡公朵子，等等，有些在乡下随处可见，有些则是藏在深山。我小时候学过一年中医，对草木一直怀着难以割舍的感情，因此，当我读到《草木童心》时，记忆仿佛被突然唤醒。那些多年前自己所熟知的植物，在谢宗玉的记述下，蜂拥着来到我的面前，如同一个个旧友，向我诉说自己的经历，流露自己的性情，这个时刻，我才发觉，自己和草木世界实在是隔绝得太久了。

　　草木活着，人也活着，但这两种活法之间，已经天各一方。尤其是生活在城市多年，泥土的气息、草木的风情，都慢慢地被遗忘了，我们最熟悉的，不过是人声的喧哗和水泥的坚硬而已。城市里也有草木，但那些都是被规整过的，在一种都市美学的强制下，它们的生长只有一个目的，就是为了观赏。所谓的城市，就是杂草没有权利生长的地方，它只给观赏性的植物留存空间。都说城市异化人，把人格式化了，其实城市又何尝不是异化植物、格式化植物的地方？在城市里，人活得累，草木也活得不自由。只是，习惯之后，人就不再奢望什么了。

但谢宗玉的散文，对于困守在城市里的人是一个善意的提醒。他的文字，质朴自然，有着庄稼和石头的品质，不嚣张，不孤冷，精神的质地，清澈中透着感伤。他并不渲染对城市的敌意，而是耐心地告诉人们，除了我们脚下的水泥地之外，还有一个地方，那里的风是清新的，草木可以肆意生长，人活得恬淡，空气里不时飘着药香……这是哪里？乡村，但又不仅是乡村——或者可以把它定义为是有乡村背景的心灵故乡。

读谢宗玉的文字，你会深深地觉得，这是一个有根的作家，他的经验，感受，欢乐，悲伤，都是有来源地、根据地的，或者说，这是一个有故乡的人。

我们很容易把"故乡"这个说法，对等于谢宗玉笔下的那个瑶村，一个地理学意义上的老家。如果是这样，谢宗玉的散文并无新意，因为把故乡当作缅怀对象的作家，太多了。谢宗玉不是简单的故乡记述者和追思者，他的写作，其实是在建构一个新的故乡。他的散文，在物质外壳上看，用的多是实在的来自故乡记忆中的元素，但这些物质元素，通过作者的想象，唤起的往往是心灵中那些隐秘的体验：一声叹息，或者一种感念。

《草木童心》就是很好的例证。六十种植物的背后，维系的是一个村庄，一位少年，一部心史。草木的灵性，村庄的历史，人情的冷暖，少年的成长记忆，交织在一起——在那一片弥漫的药香中，我们辨认出的是作者心灵中所潜藏的精神谱系。通过和草木的对话，谢宗玉让记忆复活，让思绪回到故乡的上空，让心灵重新在那块土地上扎根，让草木成为一个地方的灵魂载体。正是沿着这些一花一草的纤细根系，谢宗玉通过写作，成功地回到了童年和故乡的腹地。

回家，这是每一个疲累的人共有的愿望，它也一直是文学写作中最为永恒的母题之一。但并不是每一个作家都有家可回，也不是每一个作家都能顺利地回家。写作上的回家，重要的在于如何找到可靠的载体，把"一个地方的灵魂"诠释、透显出来。文学写作总是实与虚的互证。实的部分，是通过经验、事实和细节，建构起一个密实的物质外壳，它是作品的精神容器；虚的部分，是生命的感觉和灵魂的跋涉，是作家的心史投影。现在的情形是，作家们的写作，往往一路务虚下去，他们藐视作品中物质外壳的建构，结果，他们的心灵探索也虚浮而缺乏可信的证据。尤其是小说、散文，只有把文字写实了，找到了物质的根据地了，写作的材料可靠了，阅读信任感才有望建立起来；写作的材料若出现了破绽，灵魂也就无处藏身了。因此，我看重一个作家的写作襟怀，更不轻忽他笔下所雕刻的那些细节，以及借由这些细节所建构起来的精神容器。卡尔·曼海姆把这样的能力称为"迷醉"："如果在一个人看来，除了他当下的处境之外一切都不存在，那么他并不是个完整的人——我们从自己的过去继承了另一种需要：一再切断我们与生活、与我们的生存细节的所有联系。"

那些草木，正是谢宗玉所依凭的写作材料和精神载体。他迷醉于这些生存细节，这些渺小的植物，使它们如同一条条乡村小路，指引着自己在远行多年之后，回家：

五月端阳的瑶村，有明亮鲜洁的阳光，有蔚蓝深邃的天空。放眼望去是深深浅浅惹眼的绿色。雨季刚过，大地酥软，到处都是一汪汪明镜般的水洼。那些寻找植物的孩子们就豆子般散落在这种环境之中。

他们一个个在田埂上走着，在山沟里走着，在水洼边走着。

他们一个个不作声，勾着头，寻寻觅觅，走走停停。

他们一脸的小心翼翼，庄重严肃。

他们就这样把瑶村的端午节烘托得隆重而神秘。若干年后的今天，再来回忆当时的情景，我感觉那些走来走去的少年就像一幕历史哑剧中的戏子。他们并不知道端午节的来历，但他们勾着的头，满脸的敬畏和虔诚，像影子般在瑶村五月的山野里穿来穿去，分明就有了某种悼念的色彩。也许先人之所以要把这么多种植物纳入端午节的单子，就想让后人在端午节来临时倾巢出动，在山岗河流之上，勾着头，默默地，穿梭般走来走去？

作家是如何在文字中回到"五月端阳的瑶村"的？是通过一种"具有杀毒防瘟的作用，主治盗汗、感冒等症"的"七叶樟"回去的。七叶樟，学名叫黄荆，一到端阳，如同艾叶一样，家家户户都缺不了它，这样的记忆，我想很多人都不陌生。仅仅是一种草木，但它的背后，维系着敬畏、文明、吉祥、纪念等精神含义，同时也维系着身体意义上的需要。草木，既是精神的，也是物质的，它是瑶村这个地区的缩影。

这恐怕是谢宗玉这一系列散文最为核心的价值所在：他没有把自己笔下的草木世界盲目升华，而是通过这个草木世界的建立，回到自己实在的身体，回到一个实在的记忆世界；他不是虚写草木，而是通过文字把草木落实，把自己的心安放于此，使之安静下来。因此，他说："回乡村居住不但是心灵的需要，也是身体的需要。身体不是个没有知觉的傻瓜，它知道什么地方适合自己生长，只可惜它受意志控制，做了无奈的囚徒。如今我已是疾病缠身，痛神经时不时要受疾病的折磨，这时写这本书，那份酸苦和悲凉自是无法言说。"意识到关怀草木也是"身体的需要"，这就为谢宗玉的写作找到了落实的根据，它不是纯粹务虚的，而是有了一个坚实的基础，那就是这些草木和一个人的人生、一个村庄的命运血肉相连的记忆。这个联结点非常重要，它是作家与世界相联的通孔，也是二者之间精神交流的依据。为此，我能理解，谢宗玉在写《草木童心》一书时的兴奋，以及感伤，因为他是在借这本书、这些草木，重建自我与世界之间的关系：

我写它们，只是为了感谢故乡的那些草木，让我在懵懂中度过了无灾无病的青少年时期。我写它们，只是为了表达内心深处的那份深深思美。我要叙述的，只是年少时与它们相依相伴那份和谐而美好的感觉罢了。这些草木，有些医治过我，但更多的并没有直接医治过我，可它们却以自己独特的药香制造出瑶村浑然天成的气场，将我笼罩其中，加以培植。它们对我的影响，每时每刻无处不在。并且，它们在抚育我身体同时，还暗塑了我的心灵。在某种程度上，决定了我一生的命运。由于从小与它们相处久了，我现在都不懂得在人群里如何生存，我活得非常茫然而麻木，只有在它们中间，我的欢笑和泪水，才那么纯粹，那么让我回味无穷。

文学在本质上是写"无论如何与我相关"的事物，所以，中国文人推崇写物要有"我"的存在——王维的诗，初看无一字写"我"，都在写物，但处处有物，也处处有"我"。所以，"散文的后面站着一个人"，这个人在散文家的笔下，是藏不住的，它随时会站出来向读者发言。我感觉，只有当谢宗玉寄心于乡土和草木时，他的面目才显得异常清晰。何以如此？就在于这么一个不断朝向故乡，不断扎根于出生地的作家，他经验的烙印、感受的方式、精神的底色，都强烈地被他的成长环境所塑造。因此，在谢宗玉的散文中，语言和出生地之间的伦理关系，被张扬得特别显著。

很多的作家，只是把自己的出生地、成长地，看作是纯粹地理学意义上的一个地方，事实上，出生地、成长地和个体人生之间的关系，绝对是一种伦理关系、道德关系——出生地和成长地的一事一物，都可以作为个体人生的见证人，记录和刻写下他曾经的悲伤与快乐。没有一个作家可以摆脱对事物的记忆，因此，那些和自己的成长经验相关的事物，就自然成了个人精神自传的重要材料，比如，鲁迅笔下的中药铺，周作人笔下的乌篷船，沈从文笔下的水，莫言笔下的高粱，贾平凹笔下的苞谷或红苕，又比如，谢宗玉笔下的那些草木。耿占春在论到这种文学地理学时，曾经敏锐地指出：

> 经验的形成总是在一个经验环境中，我们的感受与情感也不是在纯粹的思想中产生，而是在一个产生它的事物秩序中。就像"观念"这个词语所提示的，原初的意念总是在"观看"中所产生的。思想有它的可见性和一种视觉上的起源。是地理空间中的某些事物、形态与事件唤起了这些感受。要探究和描述这些感受就要恰当地描述产生这种感受的具体事物及其形态。描写经验就意味着描写产生这种经验的经验环境，对感受的描述就是描述感受在其中形成的感知空间。这既是一种对经验与感受的表达方式，也是检验经验与感受的真实力量的方式。没有经验环境就没有真实的经验，没有描述感受产生的事物秩序，感受就是空洞无物的概念。

从这个意义上说，分析作家笔下的经验形态，以及经验形成的环境，确实可以更好地理解他的写作。真实的写作，总是起源于作家对自己最熟悉的人、事、物的基本感受，离开了这个联结点，写作就会流于虚假、浮泛，甚至空洞化。因此，从终极意义上说，写作都是朝向故乡的一次精神扎根，他在出生地，在自己的经验形成的环境中，钻探得越深，写作的理由就越充分。无根的写作，只会是一种精神造假。

谢宗玉在写作上的返乡，为他的经验、感受和精神的展开，找到了宽阔的资源。故乡的植物，故乡的人，和在城市里生活的"我"，形成了一种新型的对话关系，这种关系的重建，敞开的是一个新的世界——在这个世界里，"植物们的爱恋都是精神的"鹧鸪的声音，有时"清婉"，有时"凄怆"，而人呢，离开的时候就像大树"落下一片叶子"……可以说，所有的事物背后，都隐藏着生命的故事，就像他笔下写到的死亡，也是灵魂的私语：

隔一些年回到村庄，发现村庄正在死祖辈的人、生子辈的人；又隔些年回到村庄，发现村庄开始死伯辈的人、生孙辈的人了。而村庄本身这棵大树，不但四季更换着叶子，枝丫也会在岁月里变延。很多过去熟悉的场景渐渐消失，替代的是新的陌生的场景。熟悉的老屋倒了，陌生的新房立了；熟悉的山路荒了，陌生的马路直了；还有，熟悉的面孔隔着岁月不再熟悉，陌生的声音随着时日更加陌生……

现在终于轮到父亲了。我想，还要不了多少年就该轮我了。我说不出心里这种忧伤如水的心情。但再不像以前那么惧怕死亡了。只是我还是舍不得父亲就将离去。父亲若去了，村庄里就再不剩几个我熟悉的人了。

——这不仅是感怀，也是审美的体验。故乡和故乡的植物、动物与人，在谢宗玉笔下是伦理的，也是审美的。从物质经验的描写到精神经验的呈现，从伦理到审美，谢宗玉把他的瑶村变成了一个想象力的传奇。

地理学意义上的小村庄，在谢宗玉的写作中，成了一个辽阔的精神疆域，其秘密就在于谢宗玉有志于写出一个地方的灵魂。而这个地方的灵魂，不仅存在于这个地方的人身上，还存在于这个地方的动物、植物身上。谢宗玉的所有散文，几乎都在描述一个人类与动植物和谐相处的世界，他害怕这个世界被现代生活强行割裂，害怕自己飘浮在都市的上空而失去对自然世界的感受力，害怕自己熟悉的事物一夜之间变得陌生。因为有害怕，他的写作也就一直存着敬畏，存着他对生命世界的忠诚守护。他是一个有根的作家，而在这个根系的末梢，活跃的是他对故土深切的爱——正是这种最基本的情感，滋润和养育着他这种温暖而坚韧的写作。

尼采说，一个好作家的身上，不仅有他自己的精神，还有他朋友们的精神。而我想说，一种好的写作，不仅有人的精神，还有植物的精神、动物的精神。谢宗玉的散文写作，就很好地说明了这一点。

臭牡丹

药用：具有解毒消肿、化脓活血的功效，主治偏头风、无名肿瘤等症。[1]

梅雨季刚过，地湿透了，天开始放晴。

我们在禾坪的空地上玩甲乙丙的游戏。长钉在孩子们的手中轮来换去。甲代表我，乙代表你，丙代表他。把长钉扎向湿地，扎稳了，就画根线把对方圈住，线由里向外，像螺旋般一圈一圈在空地扩大。被圈在里面的人如进了迷宫，逃呀逃呀，老是逃不出来。明明知道是游戏，可有些孩子居然哭了……

我们玩画圈圈的时候，臭牡丹就在我们身边妩媚而安静地开放。它不是牡丹，它也许是豆科植物，花有点像合欢花。针芒似的花瓣齐展展地向外温柔刺出。它的颜色艳丽极了，也复杂极了，由蒂向瓣，比彩虹的颜色还要多，色彩的过渡也比彩虹还要自然。

---

[1] 植物的药用及文后的药方，系作者从各类医书中抄录，仅供读者参考。下同。——编者注

　　臭牡丹并不臭，只是气味重而已。故乡安仁县的人老把气味重的东西称作臭。因了气味的原因，臭牡丹一开放，便会引来蜂团蝶阵，甚至无数不知名字的爬虫。那些样子丑陋、闪着光的爬虫在花蕊里走来走去，让我们看着好害怕。花也由此染上了一层神秘而妖邪的气息。瑶村没有哪种花会让我们觉得害怕，可面对臭牡丹，我们纯稚的心灵总会传出一种本能的悸颤。

　　那么美丽的花，为什么会散发出如此浓郁的气味？又为什么会招来那么多奇邪的虫子？这跟童话里美艳的女巫会有什么关联呢？

　　在童年很长一段时间，臭牡丹也许就是我们心中的花之女巫。我们不敢沾它。

　　后来长大了，偶尔在书上读到了"曼陀罗"三字，我心一惊，很自然就把它与故乡的臭牡丹等同了。我以为臭牡丹就是那种有着美丽名字的剧毒之花。但事实上并不是。很多年后，我在泰国某个植物园里见到曼陀罗这种植物，感觉非常失望。它的样子平凡得实在不配有这么美的名字，那么单调的几片叶绕着一朵平庸的花，甚至让人怀疑它的剧毒之实。

　　因了臭牡丹开花时浩大的声势，在瑶村生活的时候，我总觉得整个瑶村的五月都是臭牡丹的天下。雨季过后，我弱小的灵魂好像一直笼罩在它艳丽的身影和浓郁的气息之中。

　　是离开瑶村许多年后，我才发觉，臭牡丹其实只在我家南院的院墙周围生长。而当我发觉这个现象的时候，臭牡丹已在瑶村失踪了很多年。我家南院现在只剩荆棘遍地，杂草青青。院外的那块空地，也再没有小孩用长钉玩画圈圈的游戏了，一茬人有一茬人的游戏，那种幻人心智的游戏就这样随着臭牡丹消失了，并且也许再不会出现在下一代村童的生活之中了。

　　前天，我向年迈的父母问及臭牡丹的药性，才知臭牡丹居然是母亲新嫁瑶村时从外地带过来的……

得知这个消息，对我而言，那种惊讶是可想而知的。

母亲现在老了，心气也平和多了，跟一个普通的老妇人没有区别。有时我的声音大了点，她还会流出一脸委屈的泪。可在当年，初来瑶村的母亲却是一个精灵般的女子。她拥有妖柳一般的身材，迷花一般的容貌。中学毕业不久，很快成了村里的小学教师和赤脚医生。这样的人，要她嫁给小学二年级都没读完的老大粗，自是十二个不情愿。但那时外公贪图我伯父村支书的权威，硬让她嫁给了我父亲。

爱恨情仇，父亲在享受母亲的美丽和智慧的同时，也没少受母亲毁灭性的伤害。但这些都是上一辈人的事情，我这个做晚辈的也不必多说。

总之，自我母亲把臭牡丹带到瑶村以来，瑶村很多人的命运就都成了定数，我父亲的命运更像被画圈圈的长钉扎在那里一样，一动也不能动。若干年后，我接到妹妹的电报，从千里之外的异地赶回老家，看见号啕大哭的父亲，头脑里闪过的，居然是童年里那些被游戏弄哭了的孩子。在精灵似的母亲画的圈圈里，父亲怎么逃，也逃不出来，于是他哭了，并且是痛哭。

那么邪艳的臭牡丹，童年时有一天，我居然在无人的时候，心惊胆战地摘了一朵。我跑到屋后的溪谷边，用清凉的溪水将花蕊中奇怪的寄生虫冲走，然后将花放在胸口，在松风下的岩石上懵懂睡着了。

许多年过后，当我认真反思命运中的种种劫数，我才发现，一切好像都是注定了的，像梦魇一般无法摆脱。而童年时那个莫名的举动便是这一切因果的注脚。我也中了臭牡丹的邪，中了某些如臭牡丹般女子的邪。

臭牡丹，它带着巫性，是花之女巫。凡沾染过它的人，它就会把这人的命运写在时光幽暗的河流上。

药方一

主治：风湿性关节炎

方药：臭牡丹15克，豨莶草20克，鬼针草15克

用法：水煎服，每日1剂，连服3~5天

药方二

主治：头昏痛

方药：臭牡丹根20克，鸡蛋2枚

用法：水煎，去渣，食蛋喝汤

七叶樟（黄荆）

药用：具有杀毒防瘟的作用，主治盗汗、感冒等症。

　　七叶樟不是我们常见的樟树。它的学名叫黄荆。七叶樟是老家安仁县瑶村常见的灌木，再怎么长，都精瘦精瘦的，是长不成树的。之所以叫它樟，大概因为它散发出的气味与樟树差不多吧？那种气味，蚊蝇都靠近不了它。

　　七叶樟的得名，是一朵叶柄上有七片媚眼样的小叶，像手指般张开来。

　　七叶樟其实是名不副实的。因为春天初发的时候，一枝叶柄上只有三片叶，及至初夏，也只有五片叶。只有到了盛夏季节，在繁茂的枝头深处，才可能长出七片叶子来，而且也是非常稀少。所以村人每每见到长了七片叶子的七叶樟时，都会惊喜地叫一声：看，七叶樟！

　　五月端阳，在瑶村可是一个盛大的节日。瑶村人喜欢用很多种植物，加上鸡蛋，用猛火熬汤。等熬好了，揭开锅盖，升腾的水雾就会和着浓浓的药香扑面而来。水雾散尽，母亲把鸡蛋拣出来，平分给家人。再给每人舀一碗苦涩的药汤，逼着喝下。剩下的汤汁加入热水，让每人洗个澡。据说这样，一年之内全家人就百病不侵了。

这些植物中，其中一种便是七叶樟。喝了药汤，洗了药澡，用彩丝编织的网袋装着鸡蛋挂在胸前，去邻村的河湾里去看龙舟赛。这些都是端午节的正事，但记忆里除了些模糊的概念外，现在已不剩一桩可记一笔的细节了。倒是寻找七叶樟的过程，一直以来都在头脑中固执而鲜活地伏存着。

在瑶村，每年的端午节首先都是由小孩子张罗着。主要是到山野里把各种植物寻回来。据说这些植物只要错了一种，熬出来的汤，喝下去不但对身体无益，而且还会毒死人的。所以采撷这些植物时，孩子们都是一脸的虔诚和敬畏，生怕出了什么错，给全家人带来灾难。采回去的植物，也要由父辈一一过目，才会放心。

五月端阳的瑶村，有明亮鲜洁的阳光，有蔚蓝深邃的天空。放眼望去是深深浅浅惹眼的绿色。雨季刚过，大地酥软，到处都是一汪汪明镜般的水洼。那些寻找植物的孩子们就豆子般散落在这种环境之中。

他们一个个在田埂上走着，在山沟里走着，在水洼边走着。

他们一个个不作声，勾着头，寻寻觅觅，走走停停。

他们一脸的小心翼翼，庄重严肃。

他们就这样把瑶村的端午节烘托得隆重而神秘。若干年后的今天，再来回忆当时的情景，我感觉那些走来走去的少年就像一幕历史哑剧中的戏子。他们并不知道端午节的来历，但他们勾着的头，满脸的敬畏和虔诚，像影子般在瑶村五月的山野里穿来穿去，分明就有了某种悼念的色彩。也许先人之所以要把这么多种植物纳入端午节的单子，就想让后人在端午节来临时倾巢出动，在山岗河流之上，勾着头，默默地，穿梭般走来走去？

可是，七叶樟哪去了呢？村庄的前后左右，到处都是长着三片叶子和五片叶子的樟柴，七叶樟却如仙踪般难以寻觅。今年瑶村的五月已经长出了七叶樟吗？这是个疑问！从理论上来说，每一棵樟柴都可能长成七叶樟。但我们经常数遍了无数樟柴，就是数不出一片叶子长足了七片媚眼似的小叶。

我们找累了，找绝望了，就经常想，可不可以用五叶樟代替七叶樟？它们的药性是一样的吗？尽管我们这么想了，可我们却从没用五叶樟代替七叶樟。血脉深处遗留的固执在支撑着我们一刻不停地继续寻找。

我们跋山涉水，翻山越岭，找遍了瑶村每一个最有可能长七叶樟的地方。最后呢？最后是七叶樟每年都没让我们失望过。它躲在瑶村某一个神秘的地方，静静地生长。当第一个孩子找到它时，它七片媚眼似的小叶总要在风中轻轻地晃一下，伴随着像有一声叹息传开来。七叶樟每年都如期生长在五月瑶村的某个角落，但它似乎并不愿意让村人找着它，要不然我们的寻找也不会这么艰难。

找到七叶樟的孩子把七叶樟的枝叶分给瑶村每一户人家，然后每一户人家就都有七叶樟了。

……

有了七叶樟，我们再找艾叶。小美家的院墙上就有一大片麻秆似的艾叶。

我们再找香蒯。瑶村每个池塘的角落都栽了香蒯。

再找年丰柴。年丰柴一般长在高高的山顶。

再找月份藤。月份藤常常与瑶村一些荆棘相依相缠。

再找水依柳。水依柳不是柳，是一种草本植物。采撷时可要当心，不要把长在水边的柳枝当水依柳采回家。

再找花椒枝。外婆家种植花椒，我每年都从外婆家砍一大把背回瑶村，分给大伙。

再找臭草。臭草的气味很浓，但不臭。砍柴时肚子饿了，村人常采一大把充饥。

再找橘枝。瑶村每户人家的祖辈都给他的后人留有橘园，也不知是多少代的橘园了……

等把所有约定俗成的古老植物都找齐了，瑶村每户人家都架一口大锅，将植物洗净，投进入，加水加鸡蛋，一锅煮了。

揭开锅盖，升腾的水雾和浓浓的药香扑面而来。扑面而来的水雾和药香把村人的眼睛弄得涩涩的，端午节就在村人懵懵懂懂想要流泪的时候来临了。

药方一

主治：预防肠炎、痢疾、中暑

方药：黄荆嫩叶适量

用法：夏初采嫩叶，晒干，每天用5~10克，沸水泡，当茶饮

药方二

主治：反胃、胃出血

方药：黄荆根60克，仙鹤草30克，母鸡1只

用法：将母鸡去头、足、内脏，将前2味药纳入鸡腹，加水炖烂，去药渣，分次服食

牛王刺（云实）

药用：具有清热除湿、杀虫功能，主治痢疾、疟疾、小儿疳积。

出东村口，小兰家的院墙上面栽满了荆棘，这种荆棘的刺从秆到叶，一排排长得到处都是，护院是再好不过了。父亲叫它牛王刺，今天我才得知它的学名叫云实，也是故乡安仁县常见的药物。只是小时候不知晓罢了。

酷暑的时候，牛王刺开花，是金黄金黄的那种，重重叠叠，一串一串，颇有云蒸霞蔚之势。人从旁边经过，老远就可闻到一种奇异的花香。奇异的花香浓得让人有些喘不过气来，这时抬头看天，就会感觉已坠入了盛夏的深处。头顶上的太阳不再是单薄的一张，而是叠饼似的一层一层地摞着。从里面喷涌出的热力具有无比的神威。汗，不由分说就从你的头皮里密密麻麻炸出来。

牛王刺花开的时候，花香笼罩的周围就像有一个神秘的热磁场。这种感觉是独特的，大人们也许就感觉不到。我们之所以能够感觉到，是因为我们常去牛王刺花旁。

　　我们去牛王刺花旁干什么呢？就是去捉俗名叫金脊蜂的甲壳昆虫。阳光最烈的正午，无风，花香就浓郁到了极点，七里八里外的金脊蜂都会飞来，牢牢地抓在黄褐色的花枝上，很迷醉的样子，一动也不动，乍一看还以为是花枝上长满了疙瘩呢。这时我们就会呼朋引伴跑上前，小心翼翼地踮起脚，把小手儿从荆棘的枝叶中伸过去，慢慢朝金脊蜂靠近，待临近了，突然一加速，就将金脊蜂抓进了手心。但几乎在同时，所有的牛王刺也齐齐拽住了你的衣袖，再不让你"全身"退出。

　　捉金脊蜂的往往都是不怕痛的男孩，女孩这时就会上前帮忙，小心轻巧地将钩住男孩衣袖的荆刺一根一根取出来，男孩的手臂终于得以从荆棘中解脱。然后手心对着手心，把捉下来的金脊蜂让女孩握着。痛的感觉这时才由表及里，波及全身。撸起衣袖，你就会发现手臂上已泛出几行细密的血蕾来，咝咝吸两口气，也就不管它那么多了。放下衣袖，找来早已准备好的细绳，把金脊蜂的后腿绑好，拽在手中。然后把这粒蚕豆似的硬东西朝空中一抛，就在下落的一瞬间，金脊蜂突然像小小降落伞，从硬壳里张出它柔嫩的纱翅，飞了起来。由于被绳牵着，当然飞不远，只能绕着你前前后后、左左右右、高高低低地飞。你的心也因此跟着它上上下下、左左右右、前前后后地飞。你的人也由此变得天使般轻快起来。特别是一手拽着几只金脊蜂的时候，那种飞舞更让你目不暇接。那种心尖颤颤的感觉，让你一辈子都没法忘却。

　　小时候，我最不怕痛，所以最会捉金脊蜂。我把捉来的金脊蜂送给了村里好多女孩，那个季节我就成了村里的英雄。我还梦想着长大了把她们娶进家做婆娘。但长大了她们一个也没做我婆娘，我甚至不知道她们都嫁到哪去了，有些人是不是已经不在了？

栀子花（栀子）

药用：其成熟果实具有清热利湿、凉血散瘀的功能，主治热毒、尿血、吐血、急性黄疸型肝炎等症。

花是栀子花。栀子花的淡雅清香很多人都知道，但栀子花的食用价值，大概就没有多少人知道了。

故乡安仁县瑶村有片山野叫栀子花谷。不知什么原因，谷中聚集的栀子花丛特别多。出了谷，栀子花就东一丛西一棵，零稀得很。植物学家一定会说是山谷的土壤、气候特别适合栀子花生长。而我更乐意看作是花儿志趣相投，才走到一起来聚居。

栀子花一般开在春末。先是一些个翠绿的苞儿慢慢、慢慢地长大。突然一个早晨，有一朵花先绽开了，在微微的晨风中怯怯地晃动着素洁的脸。第二天早晨千朵万朵的栀子花就放肆而开。仿佛是合唱，都在等着谁先发个音似的。寂静的山谷一下子因万朵攒动的花儿，热闹了。

食花饮露本是仙人所为，我不知故乡是哪一辈的祖先把栀子花弄到自家餐桌上来了？第一个食螃蟹的人需要勇气，而第一个以花为食的人则需要诗心。听说祖辈有一个中过进士的风流才子，我怀疑就是他了。总之自从栀子花上了故乡的餐桌后，每年春末就有那么一段时间，栀子花会成为村人的主菜。而到我童年时，食花已完全不是因为雅情，而是实在没有更好吃的东西了。

总就那么一个山谷，大家竞争采撷，花就供不应求了。何况我们不单是自己吃，还要拿到集市上去卖。好在要买的人并不多，外地人大多吃不惯，只为图个新鲜而已。先听说花能吃，就兴冲冲地买一点。但尝过之后，觉得味清寡，有余苦，就再不吃了。那时村人也是穷疯了，大凡能换点钱的，都拿到集市上去卖。要不然明知别人不喜欢，又何苦受那份罪呢，往往卖不了多少，还得自己提回来，扔又舍不得，就晒干用罐子储存着。等过年时，有了肉，拿来蒸肉。那倒是道美味。

栀子花的花期大约一周，一周之内，枝头所有的花蕾都会次第开放。所以在这段时间内，村里的孩子都起得很早，不等天亮就提着个篓子上山了。孩童时代的我，那时节老兴奋得睡不着，早上每每就要晚起，多是母亲把自己从睡梦中叫醒，一骨碌爬起来，提个东西迷迷糊糊就往外跑。微光之中，村里正是人影幢幢，狗吠声声。有时就起来晚了，别人都走了，村里已恢复了宁静。再要上山，就采不到什么花了。因为栀子花都是夜里开，再要采，只能等到明晨。垂头丧气折回家，把篓子往墙角一扔，噘着嘴，十次百次地埋怨母亲叫晚了。

记得花期多是晴日，晚上有月亮。有时不需母亲叫，自己就醒了，见窗外亮堂堂的，以为又起晚了。穿起衣服出门一看，发现是月光骗了自己。返回屋，再要睡，却没有一点睡意了，又怕真的睡着了，一时醒不来。于是干脆就提着竹篓上山。

月光下的山谷所有的景物都像梦幻一般，而一丛一丛的栀子花则像一片一片落了一地的月光。在这样的夜晚，我感到手中的花就更轻了，恍惚间，我不知自己是在采花，还是在拾掇月光。等篓子满了，天还没亮。我下山时，别人才上山。就有人惊呼：天！你怎么这么大胆子？就不怕狼，不怕鬼么？我心略惊：是呀，采花时我怎么就没想这么多呢？

由于花是夜里开放，花心窝里总要储一些夜露。把花从花蒂中拔出来时，用嘴噙着花尾一吸，就有满口清甜。那滋味儿是我后来在城里所吸的任何东西都没法比的。有时我摘花时，就会连花蒂也摘下来。这样自然慢了摘花速度，但我不在乎。我把带有花蒂的花拿回家，给邻居小清吸。小清比我小三岁，又是女孩，还不能上山采花。有几年都是我把有蒂的花带回来，然后由我把花从蒂中小心翼翼地拔出来，塞给小清吸。我还把没有蒂的花分一半给小清家做菜吃。我以为等长大了小清会嫁给我做婆娘。但后来我才读高中，小清就被她娘逼着出嫁了，新郎是个木匠。再后来我上了大学进了城，小清她娘就有了悔意。而我反过来却认为她做得对。就这样留一份纯美的感觉也好。要不然经过文明的"洗礼"后，我那颗已被整治得歪七乱八的心，怎么还配得上小清的那份纯真呢。我这么说是有些矫情，不如干脆说我有一肚子歪歪的学识，而她没有。我们不般配。

花多得吃不完，就餐餐吃。花味清苦，但花香袭人。每年春末的这段时间，整个村子香气扑鼻，条条通往村庄的山路上也余香缭绕，颇有"踏花归去马蹄香"的意韵。连村人的下放之气也没有臭味，而是一股淡淡的草青味。采花食花对于村人来说，本来已经成了一件很功利的事情，但食花过后，人人满口余香，内外通透，无形中就有些道骨仙风的气质了。

十几年过后，我从乡村来到城里。有一年过情人节，我送了一大把玫瑰给我女友。那晚我还兴致勃勃地讲起了童年时采食栀子花的事，没想女友不等我讲完，就瞪着我说："花是用来吃的吗？真败兴！"说罢将我送的玫瑰往地上一抛，走了。并且因为这事我们最终分了手。

我女友的潜台词无非是说花是用来看的，用来欣赏的。而事实上把花枝折下来带回家，插在瓶中，看它们由鲜嫩娇美变成憔悴干枯就是一件很浪漫的事么？我看也不见得。我们食花败兴，他们天天食鸡鸭鱼肉就不败兴了么？由这件小事，我发现当今社会不少人充塞着许多伪善，伪道德，伪浪漫，伪情怀。

棕树（棕板）

药用：具有收敛止血功能，主治鼻衄、吐血、便血、功能性子宫出血、带下等症。

　　安仁瑶村的每一棵棕树都很瘦。每一棵棕树都站得很直。一根主干上去，千手佛般的叶子全聚在树冠。每一柄叶子都宽宽阔阔的，砍下来，稍稍修剪，便是一柄蒲扇。棕树的样子很像一枝擎立的阔荷，按理说，它应该有女子的妩媚，可怎么看，都看不出女子那份妩媚来。春天黯雨夹着东风，夏季暴雨夹着南风，瑶村所有的植树，都在风雨中哆嗦颤抖。风雨过后，几乎没有哪种植物不丢枝弃叶，伤痕累累，有些就夭折了。唯独棕树没事一般，再大的风雨，也伤不到它。它泰然自若地站在那里，风雨把它的叶子扯得哗哗作响，它却连弯一下腰都不肯。

　　如果硬要把棕树比作一类人，那只有古代的忍者可比了。瑶村的棕树一出生，就像忍者一般把自己与外界孤立起来，一出生，就像有某种神秘的使命在等待它们。它们的姿态就是一副修心炼性的姿态，这种修炼还不是无为无不为的那种，而是带有极为坚忍的色彩，像金庸笔下的小龙女，躺寒床卧草绳，连睡觉的时候也不忘修炼。这实在与南方的植物泾渭分明！

南方的植物都是抱着无可无不可的姿态存活，样子多是蔓蔓枝枝、松松垮垮的。风雨旱雪都可以改变它们生长的样式。譬如说吧，天旱的时候，好些南方植物萎萎缩缩的，像个落难的叫花子，一旦雨水充足了，一个个又昂扬得像个暴发户，枝那个粗呀，叶那个肥呀，好像把能够吃进去的养料水分全吃进去了，像城里的胖娃，典型的饮食无度、暴殄天物。棕树的生长就一点也不受外界的干扰。它们永远是精瘦精瘦的，它们的生命似乎不是为了享受，而是为了某种磨难而来。就连它们的叶子也一片都不旁逸，全是围绕主心生长，一副保驾护航的模样。它们的目的似乎就是为了把主干送入更高的天空。我想棕树之所以从不弯曲一下，同家奴般的叶子严厉看管、层层紧束也不无关系吧？纱网似的叶柄把主干像缠足般地紧紧包扎，留给主心的只有一片小小蓝天，所以主心只能心无旁骛地朝着蓝天进攀。棕树也许就是怕受南方莺莺燕燕花花草草的世界影响，才会在一开始就让佛手般的叶子把自己圈成一个独立的王国？它显然成功了。

修炼的棕树在忘我的境界里幻度一生，甚至都不记得自己的年龄。棕树并不把它的年龄记载在树心，它没有年轮。棕树的年龄就是它们身上的圈圈伤痕，只有刀刃记得。当农人每年把棕树的叶柄剥下来做蓑衣的时候，留下来的那一圈圈伤痕，就是棕树的年龄，也是它的修炼进度。如果把棕树当作古代修炼内功的武士，我不知瑶村的棕树到最后究竟可以修炼到第几重？据说练内功的武士一般以九重为最高。棕树呢，棕树的最高境界是几重？蓝天浩渺，如果想抵达宇宙，棕树的最高境界便是无穷了。棕树的心气实在是太高了，如果单从这方面说，瑶村的每一棵棕树都是失败的英雄，都有一段悲剧式的命运。

但就算如此，到最后，棕树也是瑶村长得最高的树木之一。棕树把自己送入高高的天空，围绕主心的那一簇阔叶，就如悬在半空的楼阁，让瑶村的孩子们只有羡慕的份。悬在那么高的地方生活，想必一定独具其味，在陆地上行走的我们当然无法领略。瑶村每天的第一缕天风，第一片阳光，第一颗雨，第一滴露，都是先由棕树品尝，然后才是其他万物。

相对它自身远大的理想，棕树也许是失败了。但相对其他树木来说，它完全算得上一个大大的成功者。其实棕树的根基并不好，棕树的根从来就长不到拇指那般粗，这要在年年飓风横扫的瑶村生存是多么艰难。可棕树就凭着自己的韧性站稳了脚跟，并且不依靠外物，把自己高高地送入天空。为了弥补根太小的不足，棕树长出无数的根来，并且每一条根都往土地的纵深处扎，就像叶心向着蓝天生长那样，都是一副锲而不舍的架势。所以飓风来时，其他根粗枝大暴发户般模样的树木也许会被连根拔起，棕树却安然无恙。

写到这里，我突然想起生活在瑶村时的我来了。我一直认为，在瑶村那些花花草草的日子，生活得太惬意了，所以棕树那种苦行僧般的生活我是学不来的，如果我要做一棵树，我就随便做瑶村的其他什么树好了，就不要做棕树。棕树长到一定高度，瑶村的第一片阳光第一滴雨水就由它品尝好了，我甘愿睡个懒觉，迟迟起来，承受瑶村的第 N 缕阳光，第 N 瓢雨水。

而现在，我居住在城里了。城里的日子跟瑶村完全相反，看似灯红酒绿的生活，其实却非常的逼仄、紧张、不舒展、透不过气来。在城里生活，我时时刻刻都有一种被包扎的感觉，我对周围喧嚣的人和事一点兴致都没有。我想重回瑶村，但再也回不去了。现在我只能紧闭家门，在一页一页的书卷中幻度光阴。一不小心，我就过成瑶村棕树的生活了。这真是件无可奈何的事情。可城里再也找不到比这种生活更好过的了，我只能认命。

荷（莲）

药用：莲子具有养心安神、益肾、补脾功能，主治夜寐多梦、遗精、崩漏带下。

那年夏天的某个正午，我面对安仁瑶村朱垄塘的一池盛荷，竟像得了癔症似的，连步子都挪不开……

我已经记不得在那个阳光很烈的正午，自己因何一个人去了朱垄塘？我只记得当时阳光如静瀑一样，从天空倾洒下来。旷野无人，也无禽鸟。一切生物都蔫蔫恹恹的，只有一池盛荷像深夜酒吧里的女子，无比地妖娆。

我不由自主走过去。雨天的荷叶散发出的是淡淡清香，而暴阳下的荷叶则奇香袭人，又没有风，浓郁的芬香一下子就笼罩了我，我长长地呼吸，有些微窒息的感觉，但我迷醉这种窒息，它使我的意识有些飘浮，眼皮沉沉的，人却轻轻地像要飞起来了。而那些擎立的荷叶呢，这时也似乎无风而晃，一张张荷叶，像一张张巨大的吸盘，要把我像小虫子样吸附上去呢。又像女人美丽的裙裾，要给我小小的心灵安一个宁静而永恒的家。一枝枝盛开的荷花，则似一个个狐仙鬼精，在重重叠叠的绿色中隐隐闪闪，正午的阳光下，一时巫气大兴。那些高雅幽窕的花瓣，再怎么看，都不像这个尘世中有的。一片片含着雾气，看不真切，相隔不远，却又似乎隔着人仙难以抵及的距离。花蕊中间微露的莲蒂，久看则如薄纱下只只充满诱惑的碧眼。我就这么一点一点地深陷进去了……

孤阳笼罩下的一塘盛荷，这时居然如午夜月圆下的荒坟，所有的精仙都从地底无声地冒了出来。而我，正处在午夜里的一个梦魇之中。面对充满无穷诱惑的恐惧，我挪不开步，也喊不出声。我的脚像拴在那里了，而我的喉咙像被什么掐住了似的。我脸色紫红，汗如雨下，全身肌肉痉挛，如一个得了癔症的孩子。我渴望这时能有人来，不管是大人还是小孩，把我从这种迷幻的境地中拖出来。但村庄所有的人们都在屋架下的凉阴里歇着去了，这时连一只黄狗也不会经过。

后来，荷塘上空不知从哪里来了一群红蜻蜓，它们轻巧地飞翔，漫不经心地飞翔，无所畏惧地飞翔，仿佛那举着一池诱惑的碧荷，对它们够不上半点威胁。空气里响着薄翼振动时细微的摩擦声，绝对的岑寂就这样被打破了。我把目光从碧荷深处挣脱出来，去飞逐那些轻灵的身影，我的呼吸一点一点正常了。正午凝冰似的阳光瀑也似乎松动了，在丝丝缕缕水一般地流泻。

等能够挪动腿的时候，我突然如一只受伤的兔子，惊跳着掉转头，一溜烟逃回了村庄。后来，我再也不敢一个人去靠近那一池盛荷了。特别是在夏天阳光浓郁的天气。

长大后，见了荷一样高雅、精致、充满风骚和诱惑的女子，我也远远地绕道走。一直以来，我都是俗人一个，我承受不了她们对我心理构成的冲击波。当然，在这篇文章里，我主要不是想说这些，我主要是想说，村庄里即使平常的事物，对一个独处的孩子来说，也充满了类似邪恶的惊恐。一个人的成长秘史，实在比一个民族的生存史要细腻深刻得多；也要惊心动魄得多。

药方一

主治：小儿遗尿

方药：鲜莲子60克，山药15克，猪腰子1对

用法：将猪腰子剖开，取尽输尿管，切碎，与莲子、山药同炖烂，分次食之

药方二

主治：胸闷、乳汁不通

方药：荷梗60克

用法：水煎服

药方三

主治：呕血

方药：鲜藕90克，鲜白茅根100克，鲜黄瓜100克

用法：洗净切碎、捣烂，榨取自然汁，分2次服

臭草（鱼腥草）

> 药用：具有清热解毒、化痰止咳的功能，主治肺炎、百日咳、气管炎。

臭草不臭，只是有很强的鱼腥味。

臭草生长在故乡瑶村的小溪边，黛绿色的叶子把一溪哗哗作响的白水都遮住了，让人老疑心有数不清的鱼儿在下面作乱。

老家安仁县在罗霄山脉的西部，瑶村后面是连绵不绝的群山。我从小就喜欢跟着父亲砍柴。

砍柴要到远远的山那边。清晨从家里出发，等把柴砍好，咬着牙翻过山梁，已是晌午时分。这时人也饿了，力气也没了，头顶的阳光却一副饭饱肉足的样子。把柴担放在路旁，人坐在树荫下的小溪旁，眼皮沉沉，只想睡觉。

父亲站起来，捧几口山泉喝了。然后沿着溪下去，扯一把最肥的臭草，在白亮亮的溪水中洗净，就往嘴里送。他大幅度地咀嚼着，像反刍的老牛，神态安详，自然而然。让人疑心他原本就是一只草食动物。

我不行，一闻臭草气味，我就恶心，想吐。可父亲命令我吃下去。他说这是夏季山里最好的食物，回家的路还那么长，别指望会有谁来帮我，我只有自己帮助自己。

如果不是因为太饿，最初的那一把臭草我是不会吃下去的。我捏着鼻子，一顿海嚼，只想尽快狼吞虎咽下去。但也不行，臭草不但气味重，还非常苦，很难下咽。

等吃到胃里，倒也不觉得有什么难受，胃是一个非常宽容的家伙。胃被塞满了，坍塌的脊梁骨就像被什么支撑起来了，而浓烈的气味又把绵绵睡意驱散了。这时把柴火往肩上一放，居然轻松了许多。下山的时候，我们一般是龙腾虎跃。我在《四季农事》里叙述过我们砍柴下山时龙马精神的样子，但我在那篇文章里也许遗漏了臭草的功用。

我父亲或许并不知道臭草有清热排毒的药效。夏季里，山果还没成熟，这时山里可吃的东西只有大把的臭草，祖祖辈辈都用臭草来充饥。父亲当然也如此。如果我现在继续带着儿子在瑶村的后山砍柴，那么也少不得要让他学会拿臭草充饥。

昨天，我去万卷书店，偶尔发现那本《中药原色图谱》，我才知臭草是一种草药。然后我进而发现，故乡的那些草草木木居然有很多很多是草药。夸张一点说，伴我成长的每种植物几乎都带有它独特的药效，只可惜我和众多乡亲都是可笑而又懵懂的门外汉，白白浪费了那些草木。但这些其实并不重要了。重要的是，故乡那些药草让我在懵懂中度过了无灾无病的少年时代，而我的祖祖辈辈也在一年四季的药香里活得快乐而又健康。

臭草不但培植着我的身体，还暗塑我的心灵。自从吃臭草之后，我开始习惯了人生中那些苦涩的滋味。我固执地认为，苦涩是人生的底色。所以后来每每面对甜腻的食物和甜腻的生活时，我总自觉不自觉地选择了逃避。

现在，我喜欢喝茶，不喜欢吃糖。我喜欢独处，不喜欢交友。我喜欢在青灯之下，握一卷黄书，聊度余生。不喜欢在时代的风尖浪口，摩拳擦掌，勇占鳌头。这都是在吃臭草之时，就已经注定了的……

药方一

主治：心绞痛

方药：鱼腥草根 10 克

用法：冷开水洗净，嚼烂吞服

药方二

主治：肺炎

方药：鱼腥草 30 克，大青叶 20 克，田边菊 30 克

用法：先将大青叶、田边菊用水煎 30 分钟，加入鱼腥草煎一沸，去渣分 2~3 次服，每日 1 剂，重症 2 剂，连服 2~3 天

木槿花

药用：具有清热、利湿、凉血的功能，主治痢疾、肠风泻血等症。

木槿花开在七月通透的晨光里。

木槿花开在瑶村清贫的院墙上。

面对绿油油的盛夏菜园，木槿花如邻家小妹似的悄然开放，有纯白色的，也有淡红色的。木槿花绽放的时候，瑶村孩子们的心情比早晨的阳光还好。大伙儿拿着团箕，跑到各家的院墙边，把含着夜露的木槿花一朵一朵摘下来。

单朵单朵的木槿花在绿枝上开放，有一种清新自然之俏美，样子像含着微笑。但采集成堆的木槿花放在团箕里，就有一丝忧伤的气息从中弥漫开来。瑶村清贫的日子没来由就染了一层死亡的光影。那种死亡的光影并不让人觉得郁闷惊悚，孩子们的心底是明澈纯净的，那种忧伤甚至带有一抹淡淡的甜意。木槿花的大小和花形太像村民出殡时胸前戴的那种纸花了，但现在并没有人死亡，只有木槿花自己在明亮的晨光里枯萎它青春的生命。那种死亡，就像新陈代谢一般自然而然。

是在许多年后，我才知道，故乡安仁县很多地方的人们都把木槿花晒干当药，只有瑶村的人们才把它晒干当作菜食，全然不知道它还有药用之功效。

最先那一株木槿花开在瑶村谁家的院墙上，我已经记不清了。但我们那一茬人最后却让木槿花开满了瑶村所有的院墙。木槿花插枝就能成活。在春天，我们把木槿花的余枝插得满院墙都是，隔不了两三年，木槿花就开遍了瑶村所有的院墙。

在清贫的年岁里，所有的蔬菜都吃厌了，只有木槿花吃不厌。把木槿花摘下来，洗净，揉盐晒干，贮存在罐子里。等想吃的时候，就抓一把出来，往红红的油锅里扔下去，轻炸一下，捞出来，就是一道美味佳肴了。咬一口，哎呀，那个又香又脆。就是现在回忆起来，也让人口齿生津，难以忘怀。

有时，我们也偷偷地将晒干的木槿花从罐子里摸出来，泡开水喝。木槿花在清水中上下浮动，徐徐绽放，仿佛要返老还童重上枝头呢。这时的开水，除了一丝清香外，还有一股生盐的味道，而在那时清苦的日子里，盐也是一道只可意会不可言传的美味。小时候，我就常常偷吃生盐，不知别的孩子有没有像我一样的经历和体验。

开不败的木槿花几十年过去了，还在瑶村各家的院墙上继续春芽夏花。而瑶村的后人却再没有吃木槿花的习俗了。

我不知道，是在哪一茬人手中断了这个习俗，又是什么因由断了这个习俗，真是太可惜了……

前年我回到老家，发现木槿花依然在开，但开得非常潦倒，再没有我们童年时那般繁茂旺盛、清新自然了。这时若还要以邻家小妹喻之，那就颇有些不伦不类。事实上，邻家也没有小妹了，大多只剩豁牙瘪嘴的老夫老妪。

由于我们的缺席，在瑶村，七月的晨光甚至都不如以前那么通透了。

木槿花在七月的晨光里开得何其黯然！我摇摇头，不忍在故乡多待一会儿。

药方一

主治：阴囊湿疹

方药：木槿根皮、蛇床子各60克

用法：水煎，熏洗患处

药方二

主治：白带过多

方药：鲜木槿花90克，猪瘦肉100克

用法：水炖服

山枣子（山楂）

药用：具有消食积、散瘀血、驱绦虫等功能，主治肉食积滞、腹满胀痛、恶露不尽。

山枣子，这是我们瑶村的叫法，它的正经名字是山楂。每年仲秋时节，一树树红彤彤的山枣悄然点缀在瑶村山路旁的林木之间。那情形，就像国画大师完成他的泼墨山水后，再用鲜目的橙红点洒其间。或作春花，或作秋实。

前天我与小儿玩橡皮泥时，才想起故乡瑶村的山枣来。把七色的橡皮泥混合一起，稍稍捏成团，再平展开来，就会露出一幅玄妙而绚丽的彩色图案。那种夺人心魄的美让我不由就想起了秋天瑶村的山野，进而想起秋天山野里那一树树珍珠玛瑙般的山枣子，以及摘山枣子时那些碎片的温馨和凄冷。

父亲一年四季都一个人进山砍柴。父亲已习惯了那种孤独的劳动。只有在秋天山枣子成熟时，父亲才带我上山。很多细节，我现在已记不清了。我现在能依稀记住的，是那一山秋色凄艳的木叶；是深秋温凉如水的阳光；是山风姗姗徐来，无边落木萧萧而落的样子；还有那一山寂静和寂静里细细碎碎的响动……所有这些，让我回忆起来，满是凄清和感伤。唯有从林子里传出来的父亲雄浑的伐木声，才让我的回忆显得安详而从容。那种声音至今好像还能给我的生命传递一种力量。

山枣树是有刺的。我摘山枣的时候，山枣必会用刺扎我。一不小心，血蕾就会从被扎的指尖迅速冒出。那颜色和形状像是另一种山枣。现在我已经记不清那些痛感了，就算在当时，我也没把这些许疼痛放在心上。那时我的心思一会儿放在了那些亮晶晶粉嘟嘟的山枣上，一会儿又放在了父亲身上。我摘山枣时，父亲已钻进林子里砍柴去了，触目处，除秋阳下万千攒动的木叶，整片山野就只有我一个小小的人影。所以父亲的伐木声对我而言，就显得尤为重要。我非得在父亲的伐木声中才能专心摘山枣。父亲的伐木声一停，一山寂静就把我弄得像只受惊的兔子，我弱小的心灵很快被一山寂静吞噬，一副惶然无主的样子。而我更担心父亲被寂静里的神秘怪物给偷偷掳走。于是我便站在高冈，昂扬着脖子，脆怯怯地喊一声：爸爸——若不听见父亲回答，我就一声比一声喊得凄急。直到父亲在山沟里答应了，我才将悬悬的一颗心安定下来，继续摘枣。等把一树山枣摘完，我又要喊一阵父亲。无人的林子，就在我与父亲的应答声中，度过一个懵懂而祥和的晌午。

山枣多渣少汁，即使熟透了，吃起来也有些涩。孩童时没什么吃的，这东西还算不错，若搁到现在，我可能不再喜欢吃了。现在山枣带给我回忆的，显然不是它的味道，而是附在它身上的一些温馨往事。那时的我对父亲是多么依恋和信任啊。仿佛我就是天风下万千木叶中的一枚，只有握在父亲的手心，才不会被吹得无影无踪。山野里那些岑寂的晌午，现在想来，隐约透露无尽玄机，仿佛上帝特意把我与父亲单独置于那样的时空，让我们把浓浓的亲情渲染到极致。那时我大约七八岁吧。

我记得从十岁起，我似乎开始有意挣脱父亲的怀抱，尝试着去独立闯荡，让勇敢、坚强等一些雄性词汇逐渐附满全身……

等到现在，我再与父亲单独相对，彼此已平和得像旷野中两株默默相对的大树，再也找不到要把一颗心寄托在另一颗心之上的感觉了。我们都先后长大，并且逐渐变老，所有的感觉都趋于沉静而迟钝。我只有在与小儿戏耍时，才会复苏儿时的一些记忆。而一旦复苏儿时的记忆，我总会伤感得想哭。我多想时间能够倒流，让我对父亲一直有那种极度依恋的感情。但不行了，在家族的生命藤上，年迈枯萎的父亲已显得可有可无。这都是自然规律。我知道父亲走后，就该轮到我走了，就像一片片木叶脱离枝头，就像一只只葫芦脱离藤蔓。等到我走后，家族的生命藤就会由儿子和他的儿子演绎那些细腻的情感。只是不再是在瑶村的山野，道具也不再是那些山枣……

现在，我还记得把满满一篮子红红的山枣提回家时，母亲一脸的自豪和小妹一脸的惊羡。一家人吃着山枣，笑得那个开心。而我，奉献的喜悦，染红了腮帮子。

药方一

主治：食滞不化，肉积，乳食不消

方药：山楂 30 克，陈皮 6 克

用法：水煎分 2~3 次服

药方二

主治：产后恶露不尽，瘀滞腹痛

方药：山楂 30 克，红糖 20 克

用法：将山楂煎水去渣，加红糖冲服

苍耳子

药用：具有散风、止痛、杀虫功能，主治风寒头痛、四肢挛痛、瘙痒。

苍耳子生长在瑶村的山野里。

苍耳子生长在安仁的山野里。

苍耳子生长在湖南的山野里。

苍耳子长得到处都是。

苍耳子是什么？就是样子长得像野艾蒿，结的果实却是小刺球的那种植物。

矮矮的小小的植株，散漫地长在瑶村的水洼旁、野草丛、山坡上，实在不怎么起眼。甚至连它的花也是小小的碎碎的粉粉的，附在秆上，一点美感都没有。如果不是它的卵形刺球果实，苍耳子真的会从我们的记忆里消失。

你不知道，苍耳子小小的刺球有多可爱啊！它差一点囊括了我们童年时的全部快乐，我们那么多爽朗的笑声全是苍耳子给惹出来的。

一队小朋友，走在七月的山路上。后面的人开始发笑，中间的人开始发笑，前面的人开始发笑，大家咯吱咯吱地笑得花枝乱颤，笑得前仰后翻。走在最前面的那个人却浑然不觉，还要一脸狐疑地望着我们。我们就笑得更凶了。直到我们把苍耳子粘满了他的头发，粘满了他的后背，粘满了他的全身，他才恍然大悟，追着我们又骂又打。可身后所有的人都是恶作剧者，他能追上谁呀？我们四散开来，留下他啼笑皆非站在那里，自己捉自己后背上的刺球。那狼狈的样子，就好像小狗儿自己绕着自己的尾巴咬。

小小的苍耳子，真是个奇怪的东西，像刺猬一样长那么多刺，又轻灵得要命，小巧得要命，远远地抛出去，随便就把人的头发粘住了，把人的衣裳粘住了，却让人一点也不知晓。你笑吧笑吧，捂着嘴巴笑吧，等你还没笑够，前面的人会反过来指着你笑。原来你也被自己后面的人算计了，你身上的刺球一点也不比前面的人少。然后你还开始追你身后的人。然后你身后的人也跟着追他身后的人……

然后一队放学回家的小孩子，突然纷纷掉头朝后跑。让村庄里的大人远远看着，莫名其妙。

快乐其实来源于多简单的事物啊！就这么一些个小小刺球，让秋季里上学和散学的山路上一直充满了欢快的笑声。那么些年来，我们一直用苍耳子打仗，偷袭，欺负女生。让她们把爱哭的毛病发挥到极致。我仍然记得"哭脓包"海燕，她几乎每天都是粘着一头苍耳子回家的。其实如果她不哭，我们往她头上扔了一回两回就不会再扔了，可她一直哭。她一直哭，我们就一直扔。扔得她娘天天咒天咒地地骂我们，扔得她爹天天气急败坏地骂她，骂她也没用，谁扔她苍耳子，她扔谁就是了，屁大的事情，也要每天哭哭啼啼。

如果说苍耳子给我们那一茬孩童带来了无穷的快乐，那么哭脓包海燕得除外。苍耳子唯独把海燕深深地伤害了。

长大了的海燕，离开瑶村，长期在外漂泊。有一回我与她在回瑶村的路上遇见了，我笑吟吟地跟她招呼，她却给了我一个幽怨的白眼。那一刻我才知道，海燕一直没有原谅我们。苍耳子给我童年的快乐，顿时打了一个很大的折扣。

苍耳子伤害的其实不单是海燕一个人。苍耳子把我的语文老师也伤害了。高中时，我在安仁县城读书，语文老师跟一个有夫之妇相爱。他们每个周末跑到郊外游玩，除了游玩也许还干点其他什么。开始我们并不知道，后来是苍耳子泄了密。苍耳子粘在他们的身上，粘在他们的头发里，他们不小心把苍耳子带到了城里。注意他们的人就发现了他们的秘密。然后那女子的小叔子带着一帮人去郊外捉奸。捉住了，把语文老师打得半死。再然后女子的丈夫从广州回来，跟她离了婚。我们都以为那女子总算可以跟我们的语文老师在一起了。可离婚之后，那女子就远走他乡，并且再也没有回来过。也许她恨透了长有苍耳子的地方？十多年过去了，听说我的语文老师到现在都还没结婚。也许他不会在有苍耳子的地方结婚。谁知道呢？

但别人恨苍耳子是别人的事，我不恨它，我不但不恨它，还非常感谢它。感谢它不但长在瑶村，长在安仁，还长在湖南的每个地方，连我们大学校园也长得到处都是。我认识妻子的时候，她还不是我妻子，只是我同学。我们在校园的山坡上游玩、长谈、嬉戏。我们像普通同学那般游玩、长谈、嬉戏。可有一回，我朝她的头发里扔了好多好多苍耳子，她不甘示弱，也朝我的头发扔了好多好多苍耳子。我们笑得前俯后仰，就像回到了欢快的童年。后来我们玩累了，就坐下来，互相帮着捉苍耳子。

揉进长发里的苍耳子是很难捉的。我帮妻子捉苍耳子的时候，不小心扯痛了她的头发，妻子皱着眉头，嗞嗞抽着凉气，我看她抽凉气的样子好可爱，捉苍耳子的手就慢慢停了下来，这时我又闻到她头发里清新的香波气味，还有她淡淡的体香……我心一悸，猛地像惊兔一样跳开一步。她不解地看着我，彼此看着，两人的脸就慢慢红了……

后来我们就谈恋爱了。

再后来，她就成了我的妻子。几年后，我们生了一个比苍耳子更逗人发笑的小屁孩。有了这个小屁孩，虽然城里没有苍耳子，可我们的快乐比童年时没少一分。

现在，我偶尔还会忆起哭脓包海燕和我的中学老师。如果苍耳子没有伤害他们，那我有关苍耳子的记忆简直称得上完美。

药方一

主治：麻风

方药：苍耳草、子适量

用法：水熬成膏，每次 1 匙，每日早晨空腹服，对麻风有良好的疗效，但不能根治

药方二

主治：过敏性鼻炎、副鼻窦炎

方药：苍耳子 10 克（炒去刺）或苍耳根 30 克，荆芥 10 克

用法：水煎服，并取苍耳子研末，每用少许，吹入鼻腔，也可取苍耳子炒去刺，研细末，每次 3 克，开水送服，每日 3 次

胡葱（薤白）

刮春风了，下春雨了，打春雷了。春天来了。

春天一来，瑶村干皱皱的土壤顿时变得丰盈起来。首先是地上有了新芽，抹了新绿，雨还要再下，地上就有了亮晶晶的积水，如果夜里打雷，天明的山坡上就铺了一层黑褐色的地衣，腻腻的，湿湿的，拾起来，却是半透明的。我们叫它雷公屎。

雷公屎的生长，当然有它特殊的成因，只是我不知道而已，夜里打雷与它的出现应该是一种巧合，当然也不一定。也许刹时的闪电真的在天地间促成了一种菌类诞生。雷公屎就是这样一种菌类？

地上好脏啊，到处都是牲畜的屎尿。可这会儿我们不嫌脏，我们把雷公屎从湿润的地上拾起来，洗净，拌上胡葱，炒着吃，可香啦。只是雷公屎太难洗啦，稍不留神，它许许多多的皱折里就会夹着泥沙，不但吃起来沙沙作响，还会让人产生非常不好的联想。是啊，它可是从最脏的地里拾起来的啊。

何况它腻腻黏黏湿湿软软的样子，本来就让人有一种不信任的感觉。到现在我都怀疑，那雷公屎本来就是一层泥巴。可大人们说，这是天菜，吃了百病不染，百毒不侵。我不知除老家安仁县有吃雷公屎这个习惯外，其他地方有没有。

哦，可得说说胡葱了。春天一来，胡葱在野地里长得最快。往往雷公屎旁边就苗条地长几棵。但长得最多的还是在隔年的荒地里。那些地，往往是上一年挖了红薯花生，或别的什么，冬天晾在一边没管它，才刚刚立春，上面就疯狂地生长胡葱，绿油油的，一片一片，居然有小麦的模样。仿佛有人夜里撒了种似的，可谁会去撒胡葱粒啊？除了在春天炒几盘雷公屎外，胡葱几乎没多大的用途。等它们成大了，就开一些细碎的白花，白花把土地弄得挺伤心的样子。这时春天也没了，农人把土地一翻，胡葱就齐齐地栽倒在土地里，要等到下一年春天才能冒出来。

除了炒雷公屎，胡葱偶尔还用来炒小鱼儿吃。春天瑶村的溪渠里，一串一串逆水而上的小鱼儿，多得不得了，像赶集似的。哪儿有水响，你就朝那儿下网，往往一网下去，手指般大的小白鱼就会跳得你眼花缭乱。把它们捉到桶子里，等回家往热锅一甩，它们会再次蹦得你眼花缭乱，像一朵雾白的花开在油锅里，然后加进去胡葱，很快它们就成了可口的美味。不过用胡葱炒小鱼儿毕竟没有用紫苏叶炒小鱼儿好吃。紫苏叶的气味正好与小鱼儿的腥味相克，用它炒出来的小鱼儿只有香味，不余腥味。

除了炒雷公屎，炒小鱼儿，胡葱还有一种用途，就是做猪草。嫩油油的胡葱，小猪们可爱吃了。这里就不多说，等有了时间，我要专门写一节猪草。还要写写我们那些割猪草的孩子们。

药方一

主治：胸痛、胁肋痛

方药：薤白 12 克，全瓜蒌 15 克

用法：水煎服

药方二

主治：咽痛

方药：鲜薤白 30 克，醋 50 克

用法：共捣烂，外敷患处

牵牛花（牵牛子）

药用：具有泻水、下气、杀虫功能，主治水肿、虫积食滞、大便秘结。

牵牛花，

爱吹牛的小家伙，

你能牵得住一头牛吗？

这是年少时抄的一句短诗。这句短诗现在看起来非常普通，但当年读初中时，这些句子可让我喜欢坏了。我之所以说"这些"，是当时跟牵牛花在一起的还有其他诗句，只不过现在我都不记得了。

除了喜欢这些诗句，我也喜欢上了拥有这些诗句的那个女孩。开始我以为这些诗句都是她自己写的，佩服得不得了。后来才知这些诗句是她从《辽宁青年》上抄下来的。但我依然佩服得不得了，因为她自己写的诗句并不比这些差。我拿着她的抄写本几乎是原封不动地照抄一遍。都太好了，我舍不下其中任何一句。

　　我现在之所以以文谋生，应该是受了这个女孩的影响。噫，那时的文学多么神圣，而她又是那么美丽。现在无论怎么形容最初我对她、对文学的那份惊悸都不过分。在我看来，她就是文学的化身。

　　与她的恩怨爱恨，我在很多文章里都已经说过。我暗恋了她很多年，这场暗恋几乎陪我走过整个青春期。后来由暗恋转为明恋，断断续续一年，还是没成功。

　　她最终嫁给了我中学时最好的朋友。当时的那种痛，现在想来仍然是揪心的。但我已经淡然。如果说有遗憾，就是现在她居然不写文字了，而是在故乡一家公司做财会。那离文学要多遥远就有多遥远。

　　我是知道她的，无论她怎么变，文学永远是她心中藏得最深的一个梦。我弄不明白，这些年来，她为什么就放弃了呢？她多有才情啊，如果有可能，我甚至现在都愿意与她交换一下职业，这已经不关乎爱情了，而是我希望她梦想成真。文学对这个时代、对这个时代的人都不重要了，但对她依然重要。文学带给她的荣耀是何等令人瞩目啊，她的作文当时在整个安仁县的中学里以手抄本的形式传阅。

　　不说文学了，还是来说牵牛花。除了抄写牵牛花的诗，她还爱种牵牛花，就种在她卧室的窗前。沿着墙壁，牵牛花爬满了她的窗棂。紫红色的，紫蓝色的，一朵朵，井然有序地给她的窗棂扎一串不规则的花环。每次我去看她，在她的窗前喊一声，她就打开窗，笑吟吟地看着我，笑吟吟的，还有那一窗的牵牛花。笑得我的脸绯红绯红。

　　上学时，她喜欢摘一朵牵牛花挂在她的书包上。

　　上课时，她就把牵牛花养在一个小杯子里。她学习成绩好，人又美，老师们都由着她。

　　牵牛花是夜晚开放的植物，往往养不到第二节课，花就蔫了、卷了，毫无生机可言。现在想来，对这个早慧的女子来说，这其中仿佛含有某种喻意。

如果她想要像牵牛花那般精致而恣意的生活，那么她最好的生活时间应该是在夜里，而她最好的生活方式也应该是随心所欲地攀缘，并且远远离开自己生根的地方。

她其实是适应那种夜生活的，我从她十三岁野性的眼神里就知道了这一点。可她不够现在的美女作家那样放任自流。放任的美女作家把自己心中的痛和忏悔写出来，就成名了。她有一个传统而严肃的父亲，把她约束得太紧了，她的触须不可能攀缘到世俗生活之外的地方去。整个一生，她只有一次脱离了传统道德的轨迹，把我、另一个男孩和她现在的丈夫同时伤得够呛。然后，她收手了，从此归于正常的轨道，与她的丈夫结婚，并平静地度过了这么多年。

其实当时她只要一狠心，跳出我们三人之外，也许她的一切都将改变……

我与她这场爱情的失败，她要负主要责任。那时我恨她恨得咬牙切齿。可现在作为一个旁观者来说，我倒情愿她对男人狠一点，再狠一点。狠得彻底了，她也许就能浴火重生。

优秀的女子，从不为世间任何一个男人而生。优秀的女子应该像牵牛花一样，把什么都抓在她的触须之下，你说她是喜欢触须下的东西也好，你说她是利用触须下的东西也罢，牵牛花是毫不在意的。

窗前的牵牛花也许真的可以作她命运的注释：有着牵牛花的浪漫、恣肆、妩媚，也有着牵牛花的温柔、善良、清新。这就是她的性格。所以她的一生注定牵不住一头牛！

不过话又说回来，如果她心甘情愿守着丈夫过一辈子，是否"牵得住一头牛"又有什么关系呢。

"牵得住牛"的人，到最终，也都是要一一松手的。

药方一

主治：雀斑

方药：牵牛子 30 克

用法：将牵牛子烘干，研细末，每晚临睡前取适量，鸡蛋白调匀，涂擦面部有雀斑处，翌晨以温水洗去，连用 5~7 周

药方二

主治：腹水、水肿

方药：牵牛子 40 克，小茴香（炒）10 克，制香附 20 克

用法：共研细末，每服 3 克（重症可用至 6 克），生姜汤调匀，晚间睡前服

半边莲

药用：具有利尿消肿、清热解毒的功能，主治大腹水肿、面足浮肿、蛇虫咬伤、晚期血吸虫病腹水等症。

　　不知你有没有玩过滚石头的游戏？我有。古希腊神话里的西西弗斯也有。天神不知有多大年纪了，想必是老糊涂了，居然拿这么好玩的游戏来惩罚他。他一定是求之不得。把石头推上山，再看着它气势汹汹地滚下山，多壮观啊。百玩也不厌，千玩也不厌。至于要寻究把石头反反复复推上去滚下来的意义，则是世俗间大人们的蠢事，我们小孩不管，西西弗斯也不管。世俗间的大人总以同情的目光去看那个被罚之神，但我们小孩知道，他不需要怜悯，他一直是快乐的。真正的快乐，就是这么简单。

　　神力气大，一个人就可以把大石头推上去，我们力气小，需要几个人把石头抬上山。我们滚石头的时候，一般是在完成了自己的工作后。我们那时的工作就是用锄头挖柴根，作为家中的烧火煮饭之柴。我们一晌午挖了半土箩柴蔸，就觉得工作完成了，并没有人规定我们工作的分量。

滚石头好玩的地方不在于气喘吁吁把石头抬上山，而在于把石头推下山。同一块石头，每次滚下山的速度、姿态、路线、气势和蹦跳的高度都不同。而且，站在山上看滚石和站在山下看滚石的心情又截然不同。有一次，我还没上山，同伴们就把大石头抬上山了，并很快将它推下山来，我只看见豹样的身影朝我扑下，我身子不由一偏。好险，石头擦过我的脚后跟滚下去了，我的脚后跟居然只破了一些皮，但鲜红的血液还是流出来了。

回到家里，我没把伤势告诉我的父母。沉浸在繁忙的劳动中拔不出来的父母甚至都没觉察到我的受伤。我在伤口撒一把泥，第二天又上山了。几天后，当我一跛一拐的时候，父母才发现我的脚后跟发炎化脓了。他们让我在家里歇着，可我不愿意。等他们出门了，我又偷偷溜出门。劳动和泥土带给人的快乐自是不言而喻。更让我舍不下的，还有那滚石下山的游戏。仿佛成瘾了。西西弗斯或许也成瘾了，不然一开始他就不会听天帝的话，后来他会乖乖地待在那里甘心受罚。

我的腿弯子里终于生了洋子（学名叫淋巴结）。我的大腿根下也接着生了洋子，好大好大的洋子，痛得我头冒冷汗，浑身发烧。而脚后跟这时也浮肿得像个软包子，伤口处，艳若桃花。可我还是坐不住，一到白天，就想往山上跑。我这样下去，照现在人们谨慎的看法，其实已危及了生命。但乡下的人贱，我和我的父母还是没有在意。

我的父母想到了半边莲。故乡安仁县瑶村的田垄上到处长有半边莲。水水嫩嫩的半边莲，生着颀长的叶子，开着淡紫的小花，相互牵牵连连的，扯一根，就可带出一串。洗净，用石头擂烂，湿湿凉凉的，往我脚上一敷，呀，舒服死了。再用布一包扎，我一摇一跳，又可以上山滚石头去了。

如今，疼痛仍然藏在记忆的深处，但伤口早就在记忆中消失。如果不是为了写这组文章，半边莲也许就被我的记忆删除掉了。没有忘记的，是滚石时那发了疯般的快乐。

其实，成长的过程中不单是那一次用了半边莲。据我母亲回忆，我用半边莲的次数不下十回，但我一点印象都没有了。半边莲，一直生活在我明亮童年的背面。它像母亲一样护卫着我。今天我要诚恳地说声谢谢。

药方一

主治：毒蛇咬伤

方药：鲜半边莲 120 克

用法：水煎服，或将半边莲捣烂绞汁，加甜酒 30 克调服，然后盖被入睡取汗，毒重者 1 天 2 剂，并取鲜草捣烂，外敷于伤口周围

药方二

主治：小儿麻痹症

方药：半边莲 240 克，威灵仙 30 克，寻骨风根 30 克

用法：水煎成 2000 毫升药液，倒入杉木水桶中，并于桶内放一小木凳，嘱患儿脱去袜子及裤子，坐椅子上，双足踏于凳子上，用厚浴巾围住桶口，使热气不溢出，待药水不烫皮肤时，取出小木凳，将患儿的脚浸入药水中浸泡，每日早晚各一次，每剂药用 2 次，次日再熬新药，病程短者，疗效较快较好；病程长者，须坚持一段较长时间

山薄荷（大叶蛇总管）

药用：具有清热、利湿、解毒的功能，主治急慢性肝炎、蛇伤、脓疱疮、皮肤瘙痒、感冒。

深秋的茶树，叶子是黛绿色的，或者说黛青色的。竹叶青，通身却是碧绿色的，还有一对红红的细眼，如果吐芯子，它的芯子也是红的。这样一条蛇，倦在茶树上休息，要说是很好发现的。可黑麦家的三保却没有发现。三保一边笑吟吟地跟另一棵茶树上的人寒暄，一边手脚麻利地抢摘油茶。多好的油茶啊，圆溜溜的一颗颗躲在黛青的叶子下，像躺在土里的马铃薯。

就在这时，竹叶青猛地在他眼前一弹，像道绿色的闪电，朝他的左手射去，他魂飞魄散，忙不迭地一甩左手，但晚了，左手上的油茶像弹子一样甩开了，而蛇却缠在手上不放。待他腾出右手要帮忙，蛇倏地一滑，顺着树枝蹿入林子里看不见了。

惊魂定下来后，痛的感觉就上来了，也不是很痛。只有一丁点儿痛。细察手背，坏了，那东西的两粒齿印清清楚楚地显在那里。还有一丝血渗出皮肤。谁都知道，竹叶青是剧毒蛇，咬一口，弄不好会毙命。摘油茶的村人听了响动，都纷纷围上来。

遇到这种情况，我当村民组长的父亲最有主见，他拿出柴刀，在三保还没集中注意力的时候，挥刀就在他的手背上一划，三保"啊"一声痛叫，刀已经收到父亲背腰后了。然后有人给三保挤血，有人扯来藤条死死地扎住三保的手腕，防止毒血扩散到全身。其他村人就满山坡找山薄荷，那是一种蛇药，却找不到。平时经常碰见的蛇药，到真正想用它的时候，它却藏身不见了。人们退而求其次，想找半边莲，半边莲也有治蛇伤的药用，效果却不及山薄荷。可这会儿半边莲也没有。半边莲只长在瑶村屋前屋后的田垄上。

村人就建议三保快快回家。

父亲要我陪着三保下山，以防不测。果然，走到燕子崖的时候，三保的手已肿得像面包一样，并且紫乌紫乌。三保的额头冷汗直冒，他嘴里抽着凉气，并且开始呻吟。后来他终于走不动了，坐在地上不起来。而那年我只有十岁，根本背不动他，只能神情肃穆地呆在一旁望着他。到最后，三保突然放声号哭。那么大的一个男人，居然会哭得如此惊心动魂。我吓坏了。

三保摸出柴刀，要我帮他把左手砍下来。然后我才有了主意。因为在出发之前，父亲私下叮嘱过我，只有等到三保哭着要砍他的手腕时，才能帮他解开手腕上的缠藤，再迅速缠到手肘关节上去。这样治疗起来也许麻烦，但胜过他自己将手腕斩断。

毒血向手臂扩散的时候，疼痛逐渐消解。三保忍着一口气，咬着牙，终于在中午时分赶回瑶村。三保的父亲黑麦在半个小时内就找到了大把半边莲，并且碾碎，敷到三保的伤口上。但三保的毒血已经渐渐攻心，半边莲没有那么大的力气，难以拉住他正往黄泉路上赶的魂影。

薄暮时分，当摘油茶的村人挑着重担三三两两回到瑶村时，黑麦家已经哭作了一团。大家赶到他家一看，三保全身紫乌，整个人只有进气，没有出气了。我父亲站在一旁，手脚都凉了，他一定在心里责怪自己的失误，如果三保的命都保不住，那还不如当初就将他的手腕切下。可当初，谁下得了那个决心啊。切一只手腕，对一个农人来说，就等于死了一半。

也是三保命不该绝。谁也想不到，神出鬼没的捕蛇人会在薄暮时分赶到瑶村投宿。捕蛇人的包裹里蛇药应有尽有。而捕蛇人使用起这些蛇药来，也得心应手。一通内服外搽后，三保悠悠转醒。黑麦一家人纳头便拜。后来还让三保做了捕蛇人的义子。这些我在散文《巫韵飘荡的大地》里有过记载。

捕蛇人不但与三保有缘，与整个瑶村都有缘。捕蛇人凭着他灵敏的嗅觉，把瑶村周围的多种蛇药都找全了，包括主治蛇咬伤的山薄荷。他还告诉瑶村人如何正确配制蛇药。

捕蛇人在安仁县瑶村足足待了半个月，才在一个夜里神秘消失了。据瑶村的大人们说，捕蛇人是神农爷的第几千几百代弟子。神农爷在安仁死后，葬于炎陵。他一代一代的弟子千万年来，就一直在这片土地上云游，从死亡边缘，把一个又一个痛了病了的村民拉回人世。

六年后，我与捕蛇人不期而遇。

细察他，不过是一个靠卖蛇和蛇药为生的普通人而已。瑶村人之所以将他神化，大约是感激他的救人之德。

灯芯草

药用：具有清热利尿、消炎、安神镇惊功能，主治火症牙痛、高热不退、小儿烦热、尿路感染、咽喉炎、咳嗽。

我病了。其实也不是什么大病。不过晚上有些低烧，有些噩梦，有些盗汗，有些惊悸。白天什么都好，只是偶尔暗咳几声。

母亲要煮一碗灯芯草水给我喝。母亲说喝一碗灯芯草水就会好了。

我马上告诉母亲，我知道什么地方长有灯芯草。说着一溜烟跑了出去。瑶村谁家的废园里长有灯芯草，谁家的屋后沟也长有灯芯草，我真的清楚得很。

灯芯草一兜兜长在那里，像一支支倒立的拂尘。灯芯草的每一根草都是通圆碧青的，又有很强的韧性。瑶村的孩子们喜欢把它织成辫子，然后拿着一根根碧青的辫子，在头顶挥舞，村前村后地追赶，把宁静的村庄弄得鸡飞狗跳。

没一会儿，我就扯了几兜灯芯草回家。母亲要我去洗一下。我又应声而出。等我洗净灯芯草回家，母亲已在火膛上架好了药罐。

点燃火，把灯芯草投入罐中。一切准备就绪。然后我支着下巴，守着笑嘻嘻的燃火，把药罐上的盖子煮得一下下微微扑动。喘着气，仿佛里面盖住了什么活物似的。母亲揭开药盖，小心地吹着溢上来的药泡。我闻着药香，看着母亲细腻的动作，心里有种好幸福的滋味。

我看一眼火光映照下的母亲，又一眼，再一眼。心里的幸福感就增加了些。母亲没有发觉，她在全神贯注地望着药罐。

把灯芯草水从药罐里倒出来，刚好一小碗。母亲舒展地笑了，这是她的拿手活儿。母亲熬药往往看得特准，想熬多少就是多少，一点也不会多余。父亲，还有我与小妹这方面的技艺就差远了。

也是在这时，我才记起灯芯草水不那么好喝。苦、涩、麻、结，种种滋味都有。

我趁母亲不注意，一溜烟跑了出去，并且一整天不再回家。母亲屋前屋后地喊我。我只当没听见。等到黄昏，我偷偷地跑回家，将药汤泼了。然后得意扬扬地去找母亲。母亲这时再要我喝药，药已经没有了。母亲气得扬起巴掌，可终究打不下来。她长长地叹一口气，咒道：让你去死，我再不管你了。

但我没死，过了几个晚上，我以上所有的症状都自然而然地消失了。

现在想来，整个童年，我不知泼掉了多少碗母亲悉心熬好的汤药。我只是觉得好玩，到现在都没有认真后悔过。

长大后，我也不知多少次拂却了母亲以她自己的方式表达对我的关心，我总以为那是多余而可笑的。但我分明错了。文章写到这里，有一种很深的悔意，细细泛上心头。

我一直想对母亲说，童年时的那些药汤虽然泼了，但熬药过程却一直温暖我的心头。药的气息也注入我的心田。而后来母亲的关心虽然每每被我拒绝，但转过身来，我的眼眶分明是湿润的。

我希望母亲能知道这些，要不然，她该有多伤心。

药方一

主治：小儿潮热，小便不利

方药：鲜灯芯草 15 克

用法：水煎服

药方二

主治：劳心日久，心热而虚烦不眠，或口舌生疮，小便短赤

方药：灯芯草 30 克，糯米 10 克，绿豆 60 克，冰糖 10 克

用法：先将糯米炒焦，与绿豆同煮沸，再加入灯芯草，煮至绿豆烂时，捞出灯芯草，放入冰糖融化，晚上临睡前 30 分钟饮之，每日 1 次，10 天为 1 个疗程

枸杞子

药用：具有滋补肝肾、益精明目功能，主治头昏、耳鸣、虚劳咳嗽、糖尿病。

枸杞藤上长着好多的刺。枸杞其实就是一种荆棘。

为了挡住禽畜对菜园的破坏，老家瑶村的人们总喜欢在院墙上栽好多乱七八糟的东西，把院墙弄得密不透风，像道天然的绿色屏障，才甘心。

我父亲在山窝窝里新开辟的一块土地却没有这样，他在院墙上扦插了好多的枸杞苗。是母亲让他这么做的。当赤脚医生的母亲一方面想靠枸杞的刺做屏障，另一方面还想要它生产枸杞子做药。母亲说枸杞子能滋补肝肾、益精明目。但母亲没想到的是，当黄澄澄、红彤彤的枸杞子挂满荆棘枝头，会是怎样一幅情景？

那实在是太惹眼了！枸杞结果的时候，叶子又只有稀稀朗朗的几片。远远看去，我家的院墙像用橙红色的颜料点染过一般。

走近看，那一颗颗小小的枸杞子晶莹透亮，如玛瑙红玉似的。摘一颗，放在嘴里，有一股涩涩的甜味。

小时候，家中的饭菜并不好吃，我就常偷吃枸杞子，甚至都能吃饱。不但我偷吃，村里其他的小孩也偷吃。不但村里的小孩偷吃，村里的大人也偷吃。

还有，外地人也偷吃。外地人路过瑶村，见了这招人喜爱的枸杞子，往往就不走了。一把一把摘下来往嘴里塞。吃完后，还要摘一包揣在怀里，说是回去晒干泡酒。父亲站在远远的地方吆喝，他们也不忙着逃走，反而对父亲说：不是野生的吗？别那么小气嘛！

父亲说：野生的？你也不想想，如果不是特意栽种，谁家的院墙上会长这么多枸杞子？

外地人便笑呵呵地说：哦，不是野生的？那我走开就是了。抽身要走，手却还在藤上飞快地忙着。母亲倒是看得开，她说：我家又没开药铺，自己留一些就可以了，人家要摘由他们摘去，又不是什么珍贵的东西。

我也愿意孩子们去摘。孩子摘的时候，我就在一旁一脸骄傲地看着。然后他们就用一脸讨好的神情看着我。枸杞子成熟于每年的七八月，每年的七八月我就是瑶村孩子们的领袖人物。现在我想，如果这个城市的人们都爱吃枸杞子，我就在郊区栽满枸杞子，任由他们摘去。那时我会不会成为这个城市的领袖人物呢？

枸杞子吃得太多，甜味消失，只剩涩味。这时我们就拿着枸杞子打架。枸杞子不像石头，打人是不会受伤的。枸杞子砸在人家的额头上，只会流出一些甜甜的橙色汁液；枸杞子抹在人家的衣服上，就会让衣服暗红一块。

我们拿着枸杞子嘻嘻哈哈地追逐打闹。枸杞子就成了我们快乐的道具。

有时，我们摘一把枸杞子跑到溪边，把红红的果子一颗一颗往水里扔。看枸杞子排着队，随着水，去了山外边的远方。那时，我们心里好惆怅的。但我们似乎需要这种惆怅。这种游戏，我们每年都会忍不住玩好多回。有些枸杞子在下游的漩涡里逗留，不肯走。我们就叹一声气，把它们捞上来，塞进嘴里吃了。

瑶村的大人们则喜欢把枸杞子晒干，然后泡酒。枸杞子把酒染成红色，红色的酒液似乎有着更高的烈性，把瑶村大人们的胸膛烧得暖暖和和。

年关，南方的瑶村也下雪。但有枸杞子酒，瑶村的人们不怕冷。

瑶村的人们还把枸杞子投进锅里蒸鸡。等揭开锅盖，白气散尽，每户人家都有一锅漂着红彤彤枸杞子的肥汤，瑶村的新年就这样富丽堂皇地来临了。

枸杞子

枸杞鲜红纺锤形，果皮柔韧皱不平。

肉润味甜子肾状，滋补肝肾眼目明。

鸡公朵子（金樱子）

药用：具有固精涩肠功能，主治滑精、遗精、遗尿、崩漏带下、痢疾泄泻等症。

我们把鸡公朵子藤叫作鸡公朵子刺，因为大多数时候，我们眼里只有它的刺。它全身都是刺，而且弯弯的，往往钩住了，就不肯撒手。偏偏它还到处乱长，让瑶村人防不胜防。走路、砍柴、挑担、割草，一不小心就被它划伤了。

瑶村人身上一年四季都有它划过的血印子。特别是经常砍柴的人，几乎全身都是它的划伤。横一条，竖一条，并不深，有点像文身。

鸡公朵子刺轻轻一划，一道长长的血口就留下了，一会儿冒出些细密的血珠子，再一会儿，血珠子干了，如一路轻灵的针脚，在肌肤上缝了一根红线。

城里人珍贵，城里人若见了别人被划伤成这样，嘴里一定会啧啧啧地表示同情。但瑶村人已经习惯了这些血痕。就算是母亲看着儿子的伤痕，也会见怪不怪。最多是根据血线子的形状和所处的位置，问一声"今天砍柴去啦"或"今天割草去啦"以示关心。

整个童年及少年，我至少被鸡公朵子刺划了上万道伤，也许还不止。但我对它好像并没有多少恨意。鸡公朵子刺遍布了故乡瑶村的整个山野，只要我出门，就没打算全身而退。这好像已成了某种宿命。

最多是它划我一下，我骂它一声：这鬼刺！有时鸡公朵子刺不但划伤了我，还藏在我的肌肤里不肯出来，我就回家，让母亲有空时拿根针把它挑出来。母亲就着油灯挑刺的过程，是一个让心儿温暖舒爽的过程。

童年时习惯于鸡公朵子刺的欺负，也许对培养我谦卑而包容的心性有益。到了城里，别人欺负我，如果像鸡公朵子刺伤那样无关紧要，我一般会笑眯眯地不去理睬。理他们做什么，心灵是那么空阔，让我关注的美好事物太多了。

鸡公朵子的花期较晚，在四月下旬。那时瑶村已芳菲歇尽，唯独白艳艳的鸡公朵子花开满了瑶村的山坡。这些花也不是纯白色，里面还夹杂着一丝丝红，一丝丝紫，如一道道血痕，是一种泣血的样子。

我不明白的是，它尽欺负别人，还有什么可伤心的呢？母亲却不这么认为，她说是鸡公朵子伤人太多，天道就惩罚它，让它伤心。

花后的果子就叫鸡公朵子。鸡公朵子同栀子花果差不多大小，形状也有些像。只是鸡公朵子上面有密密麻麻的芒刺，而栀子花果没有。

鸡公朵子可以吃。在野地，若是饿了，用手抹去鸡公朵子身上的细小芒刺，咬一口，就有一股涩涩的味道填满了嘴巴。若不饿，瑶村人一般是不会吃的，它太难吃了。一层薄皮，里面是一窝硬硬的细籽。

昨天偶尔翻书，我才知道鸡公朵子能治滑精、遗精、遗尿、崩漏带下、痢疾泄泻等症。整个瑶村人都贱看了它。难怪每年春天，它的花会开得这么伤心。因为它花后的果实，岁岁年年都浪费了。

我们都太注意它身上的刺了，以致再不去想它还有什么其他用途。我们都以为是上苍看着瑶村人的生活太顺畅了，所以派它来瑶村骚扰一下。谁知道我们误解了仁慈的上苍。我们真有罪。

我想，若早些时候知道鸡公朵子的用途，那么瑶村的男人将会更加强壮，而瑶村的夜晚还将增添多少甜蜜的欢乐？

我傻傻的乡亲哎！

药方一

主治：肾虚遗精，尿频、遗尿、脾虚久泻

方药：金樱子 30~50 克

用法：水煎服，每日 1 剂，或取金樱子数公斤，水煎 2 次，去渣，浓缩成膏，每服 15~30 毫升，每日 2 次，连服 15~30 日

药方二

主治：腰脊酸痛

方药：金樱根 50 克，杜仲 10 克，猪脚 1 只

用法：加水炖烂，吃肉喝汤

铁扫帚（地肤子）

药用：具有清热利湿、止痒功能，主治皮肤瘙痒、荨麻疹、湿疹、小便不利等症。

铁扫帚的种子细如针尖。我们都以为，小种子长小苗。看铁扫帚这细籽，只以为它会长得比狗尾巴草还纤细。可我们想错了。铁扫帚出生时，是棵纤纤细细的苗，可长着长着，就成了一堆庞然大物。主要原因是铁扫帚几乎在每片叶子上面都分蘖，这么一分开来，就像吹胀一个气球，没几个月，铁扫帚就长成了非常庞大的规模。

开始的时候，瑶村人只是用高粱尾和竹枝杈做扫帚。但竹枝要到很远的后山去砍，而高粱又不是南方人的主食，少有栽种。后来不知是谁去了外地一趟，发现有人用铁扫帚做扫帚，于是就开始在瑶村栽种铁扫帚。果真不错。秋天到了，砍一棵铁扫帚就可以做一把扫帚。而且还经久耐用。再加上它的枝杈多，扫地很容易扫干净。铁扫帚开始的名字叫什么，瑶村人并不知道，后来见这植物可以做扫帚，又特别耐用，于是就叫它铁扫帚了。同鸡公朵子一样，瑶村人根本不知道铁扫帚还有药用价值。

起初，瑶村人把铁扫帚栽在园中，但嫌它太占地方了。只要被铁扫帚霸占的菜园，就莫想再长出别的菜来。然后瑶村人就把它移植出来，看见稍肥的旮旯儿，就栽上一棵两棵。秋天不及时收割，铁扫帚的细籽飘得到处都是，到来年春天，满村尽长铁扫帚。那一株株的铁扫帚匀称得像修剪过一般。又长着与瑶村其他植物不相干的淡绿，远远看，倒像是诸葛亮当年摆的石头阵，团团叠叠。只是石头上大约是长青苔了。

夏天的时候，南方空气湿热，好多细菌在肉眼看不见的地方疯狂繁殖，我总觉得皮肤痒。好痒。痒得难受。这里抓抓，那里抓抓，可越抓越痒。赖在父亲身边要他帮忙。可父亲才没耐心帮忙呢，他找来一把干净的铁扫帚，让我脱光衣服，然后舞着铁扫帚在我身上扫来划去，无数条白印子便在我身上横七竖八地叠加起来。母亲乍见之下，就要破口大骂，但见我笑嘻嘻地喊舒服，就忍住没骂了。到后来，一村人身子痒了，就都拿着铁扫帚在身上划。划着划着，就都不怎么痒了。可一村人也真是笨啊，居然就不知道是铁扫帚有止痒的作用，仅仅以为铁扫帚权枝多，划起来大面积肌肤受用，因此特爽。

铁扫帚耐用，一个家庭一年用不坏一两把。那么剩下的铁扫帚干什么用啊？自然是挑到安仁县城去卖。

我跟着父亲去县城卖过几次。铁扫帚一元钱一个。挑二十个，就可以卖二十元。除去吃五毛钱一碗的面条，两碗，还剩十九元钱。这是多可观的一笔钱啊！曾经有几年，父亲还以为可以靠它发家致富。他想，若是一年种一万棵铁扫帚，不就成了万元户吗？可惜他没计算，从瑶村到县城四十几里山路，他一年能走多少趟？

我开始是跟着父亲去县城卖扫帚。后来我自己一个人也能够去县城卖扫帚了。有一回我去县城卖扫帚，正好碰上了县城几个女同学来买扫帚。那一刻我恨不得找个地缝钻下去。从此对父亲靠扫帚发财的美梦也抱怀疑态度。

父亲虽然没靠扫帚发财，但他却用卖扫帚的钱资助我完成了全部学业。

蓖麻子

药用：具有消肿拔毒、泻下通滞功能，主治痈疽肿毒、瘰疬、疥癞癣疮、水肿腹满、大便燥结等症。

蓖麻是一种世俗的植物。这是我头脑中一直固有的印象。

现在回头细想，却觉得蓖麻其实长得蛮雍容华贵的。高高的植株一节一节通红的，肥嫩的叶子像海葵一般张开来，不管晴天雨天，总是笑模笑样地站在那里。那种葱茏明媚的劲儿是瑶村好多植物都不具备的。瑶村好多植物都长得一副苦相。

还有，蓖麻子的颜色也包含着一种雍容华贵的大气。灰黑色的蓖麻子却有流光溢彩般的花纹。小时候我一直想，若用这种颜色这种花纹制一件貂皮大衣，那一定是世上最美的衣服了。这样的衣服也许只有像杨子荣那样的英雄才配拥有。而拥有这样衣服的人无论怎么驱遣我，我都会绝对服从。

可蓖麻在我头脑中怎么会是一种世俗的植物呢？我想跟小学时学过的一篇说明文《蓖麻》应该有关。那篇说明文中没有教我们如何欣赏蓖麻作为绿色植物的美丽，只是告诉我们蓖麻的全身都是宝，蓖麻的这个可以做什么，那个可以做什么。最重要的一点，那文章还告诉我们，蓖麻子可以换钱。

而那时，正好有货郎穿过瑶村，说我们可以拿蓖麻子换糖果或别的什么。惹得瑶村的孩子到处去找蓖麻子。

也是从那时起，我们开始在屋前屋后大面积栽种蓖麻。到现在我仍然记得最适合蓖麻生长的土壤是那些陈年的废土砖。那上面长出来的蓖麻秆子，几乎就像武侠书里描写的丐帮那根打狗棍，只不过它是暗红的。而长出来的叶子，是最能与"绿油油"三字相匹配了。我记得有一年，我在瑶村古宅的废墟上种了一片蓖麻，那一年我大获丰收。从六月开始我就收摘蓖麻子，一直到十月还没结束。我几乎每天放学回家，就是拿石头去砸蓖麻子的坚壳，然后从里面取出蓖麻子。这可是个细心活，石头砸轻了，蓖麻子抠不出来。石头砸重了，蓖麻子又烂了。蓖麻子的壳真是硬啊，现在我仍然记得双手抠出血来的模样。可为了换糖果，我和瑶村的孩子们都没放弃。

我们把抠出来的蓖麻子用破口杯盛着，等货郎再次出现在瑶村的时候，我们就一窝蜂把蓖麻子端上。货郎按分量分给我们多少不等的糖果。一般一杯蓖麻子只能换三四颗糖果。但要抠满一杯蓖麻子，我们至少需要两个星期。

是蓖麻子把我们童年时优雅的生活弄得非常世俗，所以我一直觉得蓖麻是一种世俗的植物。事实上到现在，童年时糖果的滋味一点印象都没有了，而蓖麻和蓖麻子的气味却依然长留在心。

但我没有后悔，毕竟最初是蓖麻子让我深深懂得"付出和回报"的因果关系，还有"多劳多得，少劳少得，不劳无获"这种朴素的辩证关系。

瑶村的大人们也知道蓖麻子拔毒的功能。我依稀记得二狗子头顶长脓疮的时候，二狗子的母亲就把一捧蓖麻子捣烂敷在他的头上。那时他就像涂了一头臭狗屎，气味恶心得要命。瑶村没有一个小孩理他，都离他远远的。等二狗子头上的脓疮好了，头发却长不出来。二狗子就成了二癞子。

没有人喜欢二癞子，二癞子的童年过得非常孤独。我们砸蓖麻子换糖果的时候，二癞子一个人困在家里咿咿呀呀地读书。结果二癞子初中毕业就考上了一所铁路学校。这对于小小的瑶村来，真是一件天大的事。他一家人满脸的荣光，几个月都没有消退。

二癞子毕业后，做了扳道工，在南岭的崇山峻岭之中，守着一段黑漆漆的隧道。二癞子虽然吃上了国家粮，睡上了国家床，但童年时的那份孤寂，依然没有摆脱，那将会陪伴他一辈子。

这么些年来，他大约是习惯了？这时我想，若他回忆童年时的蓖麻子，会作何感想呢？

药方一

主治：颜面神经麻痹

方药：蓖麻子 30~50 粒

用法：去壳，捣烂，敷于患侧下颌关节及口角之间，用纱布覆盖，胶布固定，每日换药 1 次

药方二

主治：金属、竹木异物刺入肌肤

方药：蓖麻子 30~60 克（去壳），芭茅心（顶端嫩叶）30~60 克，蟑螂 7 个，热糯米饭 1 撮，柚油适量

用法：共捣烂，外敷伤口

响蓬子（锦灯笼）

药用：具有清热、解毒、利尿功能，主治热咳、咽痛、水肿。

现在想来，响蓬子的名字若换作锦灯笼，要形象生动得多。响蓬子成熟的时候，它包在浆果之外的厚膜呈橙红色，就像一盏盏灯笼似的。小小巧巧的，比真正的灯笼还要好看些。而瑶村人之所以叫它响蓬子。是因为把这样一盏小灯笼摘下来，握着它的蒂，突然往额头上一摁，就听见啪的一声，像有人打了个响指。于是瑶村人就叫它响蓬子啦！既能响，又像个蓬子。就是这样的。

而它之所以会响，同把一个气球扎破会响一下的原理是一样的。小时候，我们喜欢把响蓬子摘下来，从背后溜向前，悄悄把手背抬起来靠近人家的耳际，然后猛地把响蓬子往手背一摁，啪的一声，人家往往会吓一跳。这时我们就会哈哈大笑起来。而响蓬子又不是特响的那种，不会吓坏人。被吓者一跳之下，会跟着大笑，接着就互相追逐起来。瑶村孩子的友情在有响蓬子的日子往往会加深很多。在这些日子里，瑶村孩子们的快乐往往会成倍成倍地增长。即使有时没把响蓬子摁响，一愣之下，我们也会大笑特笑起来，像抽风似的，让大人们特感莫名其妙。

剥开响蓬子的外膜，就有一颗浆果，豌豆般大小。没成熟的浆果是绿色的，青涩得很。成熟了的浆果是紫黑色的，又酸又甜。我们小孩都爱吃。唯一可惜的是，它太小了，像嗑瓜子一般，无论吃多少，也吃不饱。而事实上，瑶村的四周也不可能有这么多响蓬子供我们吃。

响蓬子长在阴湿肥沃的角落里，又十分喜欢阳光。不然它的果实是不会像一盏盏红灯笼的。正因为这样，响蓬子生长的地方几乎是固定的。今年这地方长了响蓬子，到明年它还会长。每年一到开春，响蓬子刚刚发芽，我们伺机而动，把它们全占为己有了。然后大家划分"势力范围"，谁也不准侵占谁的。又没有人看守，大家居然都守约。现在想来，实在有些怪异。难道瑶村的孩子从小就具有大同社会里的某种素质了？世界上自诩最民主的美国人也没这么守规矩，一见到石油，就要去抢。

紫黑色的浆果吃在嘴里，会把牙齿染成紫色。这时瑶村的小孩倒像是村庄里的一群异种，让大人们看了忍俊不禁，往往会笑骂道：是哪个杂种生出的黑牙齿啊？这时我们就捂住嘴巴，把牙齿藏得紧紧的。

穿茄草（水蜈蚣）

药用：具有疏风止咳、清热消肿、截疟的功能，主治伤风感冒、急性支气管炎、间日疟、痢疾、跌打外伤出血、百日咳、小儿惊风等。

这篇文章我本来没打算写。因为对穿茄草并无多少印象，童年时也没怎么注意到它。它只是我们用来穿野茄子的一种韧草。如果不翻药书，我根本不知道它的名字。穿茄草也是瑶村的小孩子临时给它取的诨号，至于瑶村的大人们叫它什么，我至今都不知道。我没想到这种不起眼的小草，居然有如此多的药效。我如果放开它不写，又觉得可惜了。毕竟它作为野茄子的配角，带给我童年的忧乐也是挺多的。我想野茄子也应该是一种草药，可惜在我家现有医药书上没找着。但我的文章只能靠它来引出穿茄草，并且靠它来引出一段朦胧的感情。

野茄子一颗颗如珠算盘大小。之所以叫它野茄子，大概是因它成熟后，当阳的一面红里透紫，与茄子的颜色差不多。

野茄子是一种菖蒲类植物，沿着地表匍匐生长。在瑶村水气充足的山沟边，如果没有灌木丛和其他蕨类，就必有一小片一小片地毯般展开的野茄子。

野茄子是不是野草莓呢？应该不是的。如果野茄子是野草莓，那么故乡瑶村另一种类似草莓的植物又是什么呢？野茄子虽然不是草莓一族，但其味道跟草莓有点像，并且更胜三分。童年时，我们可没少享受过，一个个常把牙齿吃得紫黑紫黑。

摘好的野茄子，我们不喜欢用竹篮装着。凡有野茄子的地方必会生长穿茄草。穿茄草细丝般的长茎柔韧有力，我们顺手折下来，就用它穿野茄子。

现在你能不能想象出那是一幅怎样的情景？想象在瑶村六月绸缎般的阳光里，孩子们把一颗颗珍珠般的野茄子穿成一串串，扎成圈，套在脖子上的样子？承接着阳光雨露的野茄子，当阳的一面紫红紫红，而背阳的底部却白里透红。那种颜色的过渡与搭配，是我后来见过的所有珍珠都无法比拟的。把这样的"珠子"套在脖上，那些清贫的日子就显得富有起来，衣衫褴褛的孩子们跟着就有了一些华贵之气。如果把这样一串珠子送人，送给我喜欢的兰花儿，又该怎样来形容这番醉心呢？

兰花儿的姐姐嫁到了瑶村，兰花儿就经常来瑶村玩。兰花儿的家乡没有野茄子。那个深夏，我从浓稠的阳光里推门而入，把一串珍珠般的野茄子往兰花儿脖子上一戴，然后满脸羞红地一转身，又投进深水般的阳光之中，身后，是兰花儿娇俏的一声惊叹。从那时起，我就以为兰花儿长大后必会成为我的婆娘。

但长大后呢？长大后兰花儿没有成为我的婆娘。兰花儿的姐姐死后，兰花儿为了照顾姐姐的两个小孩，就嫁给了她的姐夫。这种结局其实并不是偶然。现在想来，其实我们童年的某些细节，就预示了我与兰花儿这样的结局。

是在杨冲坳一个有泉水的地方，汪汪的一泓泉水在阳光下一副清澈无辜的样子。我仍然记得兰花儿用手掌捧水喝的样子，泉珠从她半透明的指缝里漏下来，飞花碎玉般地在泉面上乱滚，吓得泉面上的梭子虫梭来梭去，慌张得没了主张。像我的一颗深藏异想的心。

喝完水，沿泉而上，就看见那片野茄子了。野茄苗长得葱茏青翠，上面的野茄子颗颗肥圆鲜美，由于没有别的乱草杂木，颗颗野茄子聚在那里，就像一盘没下完的弹子棋。这种情形，莫说是兰花儿，就连我也是很少见的。我与她冲上去，就彩蝶翩跹般地忙开了。我一边摘一边想，若把这些野茄子串成一串，给兰花儿戴上，那该多美啊！我完全没有去想，这么多这么肥的野茄子别的小孩怎么没发现呢。如果我这么想了，我就一定能注意到周围的危险。

当兰花儿发出一声尖叫时，我才注意头顶上那么硕大的黄蜂窝。蜂们显然被我们的近距离接触惹怒了，正在不安分地围着蜂巢飞。我刚想叫兰花儿伏下，兰花儿却如惊鹿般跳开。而人一跑，就会形成一股风，蜂们听到风声，就会跟风出击。然后我就恍惚看见一支利箭朝兰花儿射去！可怜的兰花儿哪跑得过黄蜂啊，七八支蜂刺最后全扎在了兰花儿裸露的腿上。兰花儿先是吓呆了，等黄蜂退去好一会儿，她才嘤嘤哭起来。而我知道，真正的疼痛和不适还没有正式开始。我站在那里，心急如焚，却一点办法也想不出。当时我多希望这些蜂是蜇了我，而不是兰花儿。

尽管我用嘴帮兰花儿吮吸了腿上的毒液，又用村庄的土法子用尿拌湿泥帮她揉搓伤口，但半小时后，兰花儿彻心彻肺的啼哭还是在骄阳下的山野响起来。我别无他法，只有陪着她大把大把地流着泪。

而后整整一个夏季，我都思谋着如何替兰花儿报仇。但蜂巢实在太大，我对付不了它。最后我也被黄蜂蜇了几下，才不得不放弃了。

若干年后某个阳光明媚的晌午，我立在那则寓言故事的前面，想起兰花儿与我曾经的事情，忍不住心酸一笑。书上说的是苹果，而我们则是野茄；书上说的是蛇，而我们遇到的是黄蜂。而情形却是一模一样的，所以我们的结局也许是注定的了……

不同的是，亚当和夏娃不听忠告，他们结合了，所以生活的毒蛇时不时要蹿出来袭击他们。我与兰花儿没有结合。所以阳光下那片甜美的野茄就一直保存在我们彼此的心中，而高高悬挂的蜂巢只在虚念中的某个角落蛰伏，再没有出来闹过一次事。

或许有些失落，但我能够坦然接受这种生活。真的，我早说过，兰花儿是谁的妻子并不重要，重要的是兰花儿就生活在我们村庄，在我身边，她的一颦一笑，我能尽收眼底，这就够了。

药方一

主治：百日咳

方药：水蜈蚣30克，蜂蜜15克（或白糖10克）

用法：将水蜈蚣煎水，去渣，加蜂蜜调服，每日1剂，连服数日

药方二

主治：气滞腹痛

方药：水蜈蚣鲜草30克

用法：水煎服

鸡脚芽（莓叶委陵菜）

药用：具有益中气、补阴虚、止血功能，主治疝气、干血痨。

呀，突然不想写了，大约是写疲了。每天的日常工作也累。天热得难受，热得让人意识飘浮，所有的心思都成了漫不经心的游云。我不知我这样不知死活地写下去究竟有何意义。妻子在我的身后走来走去，我叫她，她也一声不吭。因为写作，我显然疏远了她。她对我有意见，我是知道的。可是，我也无可奈何啊。生命总要寻找一种支撑的力量。我以为写作对我就是那样一种力量。

可是，我明明看见自己的内心正在远离和放弃。这组文章我之所以坚持写到了如今，是因为我爱我的故乡，爱故乡那些遥远的事物。

还是来说说鸡脚芽吧。是在四月，鸡脚芽长在瑶村的山坡上。鸡脚芽开着淡黄色的小花。我们背着锄头，把鸡脚芽小心翼翼地挖出来，鸡脚芽的那些根就像一个鸡爪似的。长在那样硬硬的土壤里，鸡脚芽居然很松嫩。一圈圈剥开鸡脚芽上面褐红色的表皮，那白白的鸡脚芽就更像一只鸡脚了。我想现在你们都明白了，鸡脚芽不是一种芽，而是一种根。一种像鸡脚那样的根。之所以叫它芽，是因为它剥开后，像芽一样白嫩。这就是它在瑶村名字的缘由。

我们剥了鸡脚芽，就往嘴里塞。鸡脚芽好吃，嫩、脆、松、甜。我和妹妹都喜欢吃。有时我们没把鸡脚芽剥干净，鸡脚芽就会弄得我们满嘴的泥巴。妹妹不会挖鸡脚芽，总不小心把鸡脚芽从中斩断。妹妹就老跟在我后面，央我把挖出来的鸡脚芽给她吃。我们兄妹一直相处挺好的，即使有闹别扭的时候，也马上和好了。妹妹挺听我的话。与妹妹在一起生活，我从不觉得累。我不知在这个夜晚，在乡村教书的妹妹，是否想起了她的哥哥，是否想起了她哥哥同她一起挖鸡脚芽的日子？

我不知道妹妹与她的丈夫是否能和睦相处？在平淡的婚姻中是否有时会觉得累？对她丈夫的亲切感是不是永远像对她哥哥一样？

而我，对待妻子，分明比对待妹妹要劳神得多。成年的日子不像童年的日子清纯。成年的日子不再像挖鸡脚芽那么简单，有太多的柴米油盐鸡毛蒜皮要对付。

有时，我真的好想与妹妹两人永远不长大，每天在瑶村有阳光的山坡上走来走去，一直等到父母在远远的山坳里扯开喉咙，叫我们吃饭。如果我们长不大，那么父母也应该永远不会老。

一年一度，鸡脚芽也许还在故乡的山坡上发芽开花。而我们的葱茏的日子却再也无法追寻了。人老了，日子也就跟着过老了，我真的好不甘心。想哭。想妹妹，好想好想。身边的这个女子突然离我异常遥远……

艾 叶

药用：具有理气血、逐寒湿、安胎功能，主治心腹冷痛、月经不调、崩漏。

艾叶燃在午夜房间的角落。

黑暗中有它的火星在那儿，你不必去碰它，让它袅袅的熏烟布满黑暗里每一寸空间。你只要平心敛气躺在床上，听蚊子无力穿过的声音。蚊子在熏烟中变得迷茫，一间房的烟雾足以让它失去方向，就像一艘小舟迷失在雾海之中。

当然，如果你这时有起伏的心事在胸，呼吸稍一急促，自己也会呛得涕泪满面，咳嗽不已。

在燃着艾叶的房间里睡觉，你会自然而然调节体内的气息，保证艾叶之烟以最少量穿过肺叶，而不让肺叶有所警惕。肺叶松懈了，整个心身就松懈了，然后瑶村人就在盛夏的深处进入沉沉的梦乡。

端午节的时候，瑶村的人们把一枝艾叶夹着一根香蓬儿挂在门帘上，挂在窗户上，说是这样就可以把歪魔邪道拒于家门之外，也可以保证家庭不受蚊虫鼠蛇的侵扰。端午节的时候，艾叶也是煮鸡蛋的一味草药。我在《七叶樟》里说过这些。艾叶是一种古老的植物，它在上古时代就有培植。我知道屈原的门庭前也许就曾种过艾叶。艾叶一直被当作是避邪之物，可艾叶没有帮屈原的忙。外魔入侵了屈原的心身，屈原悲愤而死。

艾叶的秆子好直，我们把黄竹的竹节倒过来扣在艾叶的秆子上，竹节那头反钉一颗钉子，把钉子的尖头露出来，艾叶秆就成了瑶村孩子们的一杆箭。紧扣弓弦，咣的一声射出去，麻雀惊叫着飞起来，几根羽毛在空中旋转着飘落，箭杆稳稳地扎在麻雀零点几秒钟之前飞起的地方，兀自颤抖不已。整个童年，麻雀羽毛我们扎下来不少，但没有一只麻雀被我们稳稳扎住了。但这并不影响我们干这事的热情和快乐。

艾叶好多好多，长在小美家的院墙上。瑶村人拿艾叶没办法，就让它们在院墙上站老。站到冬天在一场大雪中把枝上的枯叶落尽。但在枯叶落尽之前，瑶村的孩子们总喜欢撸些干艾叶，用纸卷着做烟吸。吸一口呛一口，还要吸。看见你在吸，我也跟着吸。一时间，瑶村的咳嗽声此起彼伏，像一个肺痨村似的。我左手腕的伤疤就是吸艾叶烟弄的。我双手叉在团锣边，啜着一根自制的香烟去点火，身子突然一倾，手腕往火堆一摁，烧伤了，疤痕就永远留在那里了。

夏天，有时我们也折一把艾叶，制成一个高高的草环，戴在自己的头上，然后演电影《渡江侦察记》。童年时瑶村的孩子们总分作两派。两派都以正义和公理自居，而把对方视作腐朽的反动派和帝国主义，并且在游戏中代表人民判对方极刑。

高高的艾叶帽戴在头上，把头戴得沉沉的，昏昏的。一直昏到现在。

药方一

主治：传染病、流行病期间空气消毒

方药：艾叶、苍术各适量

用法：关闭门窗，点燃艾叶熏烟，艾叶对腺病毒、鼻病毒、疱疹病毒、流感病毒、腮腺炎病毒有抑制作用

药方二

主治：痛经（属虚寒者）

方药：艾叶9克，香附10克

用法：煎水加红糖少许服之

桃树（桃仁）

药用：具有破血行瘀、润燥滑肠功能，主治经闭、跌打损伤、瘀血肿痛。

西园的那株桃树我似乎曾经提过。那株桃树，打我有记忆起，就立在西园的东墙边。身子斜斜的，像一个倚门而立的少女。

若与梨树比，开花时的桃树是比不过梨树的。开花时的桃树是一副小家碧玉的模样，晴天它也笑笑的，雨天它也笑笑的，天真未凿的样子，惹人疼爱。桃树随便站在那儿，都好像在自家后院玩耍的女孩儿。

梨树不同，梨树裹着一身艳白，像个精灵，像缕幽魂，随便站在哪里开花，都像个落难民间的公主。莹莹一身素白，晴天也是要哭的样子，雨天更是要哭的样子，让男人见了，心凄如许，恨不得要为这副模样两肋插刀，死而后已。

花败叶生后，桃树的样子就比梨树强多了，一是桃树的叶绿得纯粹，绿得惹眼。二是桃树的叶形细小修长，如狐狸的只只媚眼。当残红飘落，媚眼似的桃叶簇簇拥拥挤满枝头的时候，桃树就像一个十四五岁的姑娘突然长到了十七八岁，通身憨态渐隐，媚态初现。而长满呆板肥厚叶子的梨树呢，这时则像一个生了娃的妇人，毫无特色可言啦。

我喜爱西园的那株桃树，当然有甚于三青家的那株梨树。不作其他比较，仅仅因为西园的那株桃树是我家的。春天花红的时候，我随便撷一枝送给哪个女孩，是没有人管的。夏天桃熟的时候，我想先摘哪只桃，摘就是了，也是没人管的。桃树一直是笑笑地对我，不怨也不恼。整个童年，我真有点像怡红院里的贾公子，而桃树则好比是丫鬟晴雯。我们随便怎么嬉戏都行，而其他人却不能染指。我在以往的文章多次提过西园，我记得在《豆娘》一文中，通篇记叙的都是自己独守西园的时光。其实不单单是因为西园有款款倦飞的豆娘，我的独守，与西园的那株桃树也大有关系。

从春天开始，我就喜欢攀上桃树，坐在枝丫上，看一粒一粒的花蕾如何长大、破红、绽放，然后飘落，在蒂核处结出青青的小桃。树干被我长年攀上滑下，弄得光溜溜的。路人经过西园的时候，总要夸一句：玉团子呀，你家的桃树今年花开得真多，一定会结好多桃子。听了这话，我的心里就会涌出一丝甜蜜，好像已经吃着那些桃子了。

无人的时候，我躺在枝丫上，闭着眼睛，半睡半醒，听耳边蜂蝶经过的声音。一晌午一晌午就这样消磨了。那时节，一般是些晴朗的天气，人蔫蔫恹恹的，总像睡不醒似的。那时节，小小的人儿也觉寂寞，却想不出更好的办法来消度。是的了，我也不知村里的其他孩子是如何度过那些时日的，只有等到狗们兴奋地缠在一起，孩子们才会从村子里的各个角落里突然冒出来，拿着石头，喊着叫着，朝狗们身上砸。但沾在一起的狗们，无论怎么打，也不分开。孩子们就用最恶毒的话骂它们。一个个蛮气愤的样子，心底里却是止不住的慌乱。却说不清因何而慌乱。等到大人们拿狗开他们的玩笑了，一个个又涨红着脸散开去，消失在起先他们匿身的地方。

《聊斋》那时还没读过，相似的故事却听了不少。西院的东侧是一个破败的土窑，里面深深的黑黑的湿湿的，孩子们从不敢进去。我一个人抱树而眠的时候，常常幻想，会有一个美丽善良的小狐女从里面走出来，怯怯地越过院墙，朝我嫣然一笑。有时我对着一朵花一片叶也有这样的幻想，我甚至还跟它们自言自语，我希望它们能回答我的话。那时的日子实在多得不知如何打发！

桃树的寿命是很短的。等我懵懵懂懂的童年过后，西园的桃树就不再开花了。父亲拿着刀要砍桃树，我才猛然发现桃树真的很老了。我流着泪夺过父亲的刀，求父亲放桃树一马，说也许明年它又会开花。但到了明年，桃树不但没开花，连叶也稀少了。

挨了两年，桃树终于死了。桃树死时，枝头上再无一片桃叶，青青翠翠的一树，是些攀缘的苦瓜藤。这时父亲要留它作瓜棚，我却拿刀将它砍了。那时我大约十六岁的样子吧，正在读初中，喜吟风花雪月之词，有点要恋爱的迹象。那时满脑子都是怪想，我将枯桃砍了，就是不想让它站着受辱。

西园的那株桃树砍后，父亲又栽了几棵。是嫁接的水蜜桃。未等长成树形，一棵棵就急巴巴地开花结果了。那时我已离开瑶村读书去了，守着它们开花结果的是比我小几岁的小妹。小妹与桃树有什么故事，我不得而知。而这时就算想问小妹，小妹也不在身边。这时的小妹在一所遥远的乡中学教书，同她的丈夫一起，守着一群孩子过日子。

水蜜桃的寿命更短，只七八年就全夭折了。我之所以要用"夭折"这个词，是它们看起来真的不像长大了的样子，至少比西园从前那株桃树的个子要小得多，但说死就都死了。也难怪它们那么早就急切切地开花结果，想必是知道自己的命运。

我与小妹读大学的时候，母亲也在远离瑶村的一所小学教书，家中就剩老父亲一人了。那年老父亲闲着无聊，就把整个西园都栽满了水蜜桃。两年后桃子挂枝，老父亲干脆不住家里了，而是在西园搭个帐篷，抱着铺盖住进去了。至于他守着满园桃树有什么样的心思，我一样不得而知。我只知道那些年我家的水蜜桃在全村都是有名的。鼓鼓胀胀的水蜜桃就像青春期的少女，那白里透红的肌肤呀，掐一把就能掐出蜜汁来。我从父亲的来信中，能读出父亲对桃树的那份感激。父亲说，睡在桃园里，他经常梦到年少时的事情……

读完大学，我分在闹市工作，很少回家，也很少想及家中的老父和他的桃树。等我前年回家，西园的水蜜桃就只剩一个个树苑了。我惊诧地问父亲：好好的，怎么都砍了？父亲说：好什么好，都死了呢。我掐指一算，日子惊风而过，转眼间，又是八九年了。

我赔着笑对父亲说：死了就死了吧，等明儿赶集时，我再买一些桃树回来栽。

父亲叹一声，摇摇头说：算了吧，我也差不多要去了，到时桃子熟了，谁来为它们守着呢？

听了父亲的话，我认真地看了一眼父亲，才发现父亲真的已经很老了。两颗泪就从我的眼角流出来了。

我回城后，西园就荒废了。没有桃树的日子，父亲是如何度过的，我依然不得而知。好几次我要父亲搬到城里来住，父亲只是不肯。前天三狗子来城里，他顺便告诉我，父亲总喜欢在空空荡荡的西园里转悠。我听了，心里又是一酸。

药方一

主治：高血压病

方药：桃仁、杏仁各 12 克，栀子 3 克，胡椒 7 粒，糯米 14 粒

用法：共捣烂，加鸡蛋清适量调成糊，每晚睡前敷一足的涌泉穴（足心），每天 1 次，左右足交替使用，6 次为一疗程

药方二

主治：血虚、产后、老人便秘

主药：桃仁、芝麻、胡桃仁各等份，白糖适量

用法：共炒黄，研碎，加白糖拌匀，每次 10 克，嚼食，或开水送服

布子李（山茱萸）

药用：具有补肝肾、涩精止汗功能，主治腰膝酸痛、阳痿遗精、眩晕耳鸣。

读了布子李的药效，我几乎疑心这都是上苍安排的。要不然安仁县瑶村的好多草药不会安排得这么周全，布子李尤其如此。

布子李就长在瑶村的山道旁。到了九月，豆子般大小的布子李就红红地点缀在青黄的叶子间。这里一树，那儿两棵，和山楂杂在一起，像国画中的点染，把瑶村的山梁渲染得艳丽多姿。

秋天，水分蒸发，草木都成熟了，是瑶村人砍柴的主要季节。

秋天挑着一担干柴走在瑶村的山梁上，不像夏天那般吃力。我们甚至一边挑着柴火，一边顺手撸一把布子李塞进嘴里。甜津津的布子李，有充足的水分，嚼烂充饥，算是上品。就像戴着枷犁的老牛，一扭头还要拽一把垄上的青草嚼着吃。

现在看医书，我才知道布子李又叫山茱萸。有涩精止汗，治疗腰膝酸痛、眩晕耳鸣的功效。这对于一个挑柴下山的人来说，是多么及时而且必要啊！
难怪瑶村人无论怎么累，总像累不坏似的。冥冥间上苍似乎在帮他们修补身
体、恢复精力，而他们却浑然不知。我想，瑶村田垄上的那些青草，也许有
些药效也有助于老牛修复肌肉劳损吧。要不然，那些老牛怎么也总是不知疲
劳呢？

> 独在异乡为异客，每逢佳节倍思亲。
>
> 遥知兄弟登高处，遍插茱萸少一人。

　　唐代王维在《九月九日忆山东兄弟》里说的茱萸，不知是不是家乡瑶村
的布子李。我想应该是的。这首诗是我在小学课本里学的。一直以来，我都
以为茱萸是一种花，同菊花一样，开在重阳的秋风里。现在才知，山东兄弟
遍插的茱萸，插的应该是缀满枝头的小红果。诗人写这诗的时候，也不知客
游何方，那地方一定是没有山茱萸了。诗人爬上高高的山巅，身心疲惫，身
体里各个磨损的零件不能及时得到修补，本能促使他想起了故乡的山茱萸。
对着关山迢迢，白水悠悠，一时无限惆怅涌上心头，挥笔就写下了这首千古
名篇。诗中当然有怀念家乡的父老乡亲之情，但也有怀念山茱萸的滋味儿。
最后一句如果通俗一点翻译，就可以这样翻译：你们都有茱萸吃，而我呢，
口干唇燥，四肢无力，拿什么来补充营养、修复劳肌啊！

　　我这样推测应该是有道理的。从屈原的《离骚》以来，茱萸就已为人知。
山茱萸的食用和药用历史，也早在一千五百年以前就被人们发现了。而在唐
代，每逢重阳节，人们必会喝菊花酒，戴茱萸佩，吃重阳糕。我想头上插茱
萸的想必是一些小孩儿和少女，而成年人呢，则把茱萸果子装在腰间佩戴。
古人喜欢把侵害身体的晚秋寒气视为鬼魅恶气，而茱萸则是他们祛风逐邪、
消积祛寒的巫术用品。这种习俗，与茱萸的药理正是相通的。我想，等重阳

一过，那些小小红果，便成了他们口中的美食。由此，我才推测诗人王维是在长途跋涉过程中作下此诗的。因为只有在跋涉的过程中，才会出现雨汗淋漓、腰膝酸痛、眩晕耳鸣、精疲力竭的现象，这时诗人的潜意识发挥了作用，他首选药草茱萸入诗。

如果是在月上柳梢头的异乡庭院作诗，那么诗歌肯定是"遥知兄弟望弯月，遍喝黄菊少一人"。而如果是半夜醒来，饥肠辘辘，拥书床头，那么诗歌则会是"遥知兄弟卧暖炕，大嚼蓬饵少一人"。蓬饵即唐代的重阳糕。

噫嘻，算我胡说了，还是再说瑶村的布子李吧。

有时，我们一边挑着柴火，一边把布子李撸下来揣在裤袋里。等回到家里，把重重的柴火往屋场里一掷，小妹听到响动，往往会一脸笑容地奔出来，又叫爸又叫哥，说你们回来了？笑容里当然也有某种期待。我们来不及喘口粗气，就把红红的布子李从裤袋里掏出来，小妹惊喜地叫一声冲上前，全部夺了去。

那时，我们就像一天砍了两担柴似的那般自豪。

现在，我在城里上班，每天下班回家，那个小屁孩儿都会笑眯眯地扑向前，一脸希冀地望着我叫爸。可我太累了，没有心情再带个小礼物回来，以满足家中这个小馋猫。小馋猫失落地笑一笑，又旋风般地跑开，继续他自己的游戏。

唉，也是在这时，我才发觉自己做哥哥比做父亲要称职些……

也许，随着所谓的事业向纵深处发展，我变得越来越自私了？

也许，随着年岁越来越长，我已经失去了关爱亲人的能力？

不管如何，那都是挺可怕的事。

蒲公英

药用：具有清热解毒、利尿散结功能，主治急性乳腺炎、疔毒疮肿、感冒发热。

看过《虫虫特工队》吗？动画片，美国的，挺好看的。蚂蚁菲力就是借助一朵蒲公英飞渡到河的彼岸。小小的蒲公英，像一把撑开的降落伞，随风飘荡，带着甜蜜的忧伤，精灵般飞进每一颗曾与它有过关联的心灵。

陪着五岁的儿子，一次又一次地看这个碟。每当蒲公英起飞的时候，我的心也跟着它飘起来，溯过时空，飞到孩提时的故乡。

那时故乡野地里的蒲公英可真多啊！春末的时候，芳菲歇尽，蒲公英成熟了，一把把小小的绒伞撑开在花蒂之上。弹一下茎秆，所有的绒伞齐齐从枝头跳开，飘散。

轻轻地折一朵，噘着嘴巴，突然一吹，所有的种子受了惊吓似的，小兵般仓皇逃散，到了风口及不到的地方，又一个个安静了，轻轻地沉沦，沉沦。沉落在草丛里、田垄间、碧水上，如一个个纯静的梦。

轻轻地摘，小心传递，让兰花儿仔细捏着，捏一大把，向上举着。然后两颗小脑袋并齐，吸气，同时用力一吹，漫天飞舞的蒲公英就像芦花般把我俩笼罩。我们舞，它们也舞。稚嫩的笑声，响在瑶村的原野。想象是王子和白雪公主因相拥而欢舞。它们不是七个，而是一大群矮人，因王子和公主的快乐而欢舞。

蒲公英成熟的时候，村里的孩子总喜欢与兰花儿一起，寻找旷野里的蒲公英群。在风没来之前，每一棵蒲公英都戴着绒花般的种子，静静站立。我们自觉地围成一个圈。让兰花儿在满是蒲公英的野地里往返奔跑，银铃般的尖笑，裙风所到之处，无数的蒲公英跟随起舞，像少年们一颗颗暗羡的心。

美丽的兰花儿，一直是瑶村的孩子们无法触及的梦。美丽的兰花儿就像一朵从外乡飘来瑶村的蒲公英。为了这朵蒲公英的归属问题，我们这茬孩子没少争风吃醋，但兰花儿把她的爱心和笑容分给了瑶村每个男孩，轻而易举，就治愈了瑶村男孩因思羡带来的暗伤。

风来了，先是微风，继而是强风。蒲公英的孩子们借风而上，向遥远的地方奔飞。只留下光秃秃的瘦秆在风中因哭泣而颤动。孩子们一个个去了远方，蒲公英妈妈既是自豪，又是心伤。兰花儿凝视着渐飞渐远的蒲公英，对我们说：我也要去远方，去比你们瑶村更远的远方，到山外去，到城市去，到海滨去。我要让我妈妈也因思念而哭泣……

可看过散文《阳光暴》的人都知道，兰花儿最后却落根瑶村，嫁给了她姐夫。兰花儿的姐姐死后，兰花儿可怜两个幼孩没人照顾，就义无反顾地嫁给了大她十几岁的姐夫，把瑶村我们那一茬男孩全惹伤心了……

然后，我们纷纷离开瑶村，如蒲公英般四处飘迁。这么多年来，很少有人回去再看一眼。我不知道，兰花儿在瑶村过得好不好？

据说兰花儿照顾的孩子们也长大成人了，像蒲公英一样在沿海各城市飘零。兰花儿送走他们的时候，是否瘦弱如风中那秆秃枝？是否坚忍如风中那秆秃枝?

是否，伤感中还有一股自豪，引领她在瑶村继续平静地生活？

药方一

主治：慢性胃炎

方药：蒲公英 15 克，甜酒 10 毫升

用法：水煎二次去渣，混合甜酒后分 3 次饭后半小时服

药方二

主治：疔疮（未溃烂者）

方药：蒲公英 60 克，金银花 15 克

用法：水煎服，另取鲜蒲公英 60~100 克，捣烂加热外敷患处（暴露乳头，以保持乳汁排出通畅）

了哥王

药用：具有清热解毒、化痰止痛、消肿散结、通经利水功能。根及根二层皮可治扁桃体炎、腮腺炎、淋巴结炎、支气管炎、哮喘、肺炎、慢性肝炎、肝硬化、坐骨神经痛、晚期血吸虫病腹水、疮疖痈疽、风湿性关节炎、跌打损伤、麻风、闭经、水肿、癌症等；叶外用可治急性乳腺炎、蜂窝织炎等。

了哥王。这名字乍听之下，怎么也不像一种植物的名字，倒似一种动物的名字，一只鸟或者一只昆虫。这种鸟和昆虫会唱以一个"了"字为基本词的歌，因为声音清脆嘹亮，从而就叫作"嘹歌王"，即了哥王。

看了《红楼梦》，我又觉得这名字应该给里面那个跛足道人才是，他才是真正的"了歌王"。一首《好了歌》把人世种种都唱透了，这样的人不称王，还有谁该称王呢？

我真的一直不明白，故乡瑶村那种矮小的灌木，为什么会叫"了哥王"或者"嘹歌王"？我问父亲，父亲也不知道。父亲说他小时候问过爷爷，爷爷也不知道。爷爷说，千百年来，一茬一茬的村人都这么叫，不就是一个名嘛，怎么叫不是叫？

父亲这么对我说的。我想也是。便和村里的孩子们叫开了。如果我一直生活在瑶村，我想我还会告诉我的儿子，这是了哥王。

了哥王，在故乡瑶村的山坡上长得到处都是。这种灌木的质地非常柔软。是木不似木，似草不是草。村人并不知道它的药用价值，所以都不怎么待见它。砍来做柴烧，嫌它木质松软，火力不够。割来做草用，又嫌它太硬，不适合牲畜嚼吃或睡垫。

了哥王四季都结果。幼果为绿，熟果变红。绿红相间，晶莹碧透，煞是好看。果实的大小形状都与枸杞子相像，可枸杞子能吃，了哥王却不能吃。村民说，有毒，吃了会死人的。事实上吃了会不会死人呢？吃一点点应该不会。我好像见过有一种鸟雀就以了哥王的浆果为食。村人们大概是被它的名字吓怕了。"了"，有"了结"的意思。了哥大概就跟牛头马面差不多，而了哥后面再加个王字，便有阎罗王的意味了。凡人吃了这种红果，还不死翘翘吗？

村人对了哥王的误解真是太深了。现在我翻药书，才发现，了哥王的药用价值超过了人参、何首乌等任何一种名贵药材。某医药公司制造的了哥王片，市场年销售额达到数千万元之巨。了哥王片居然能医治数十种疾病。

如果把"了"字看作"疗"字，那么一切问题都迎刃而解了。能医治这么多种疾病，不是"疗哥"又是什么呢？了哥王开始应该是叫疗哥，随着它的药用价值一步步被发掘，前人觉得用疗哥二字不足以概括它的功绩，于是便在疗哥后面加上一个王字。可我那些傻傻的乡亲却完全把它理会错了。一种救命灵药就这样长年累月地被忽略。而今天仍然被故乡人忽略。这真不知是哪一茬村人的罪过。了哥王在外地还有很多别名，比如地棉根、山雁皮、雀仔麻、狗信药等，而正名"了哥王"却在瑶村堂而皇之地流传下来了，说明瑶村的祖先以前知道它的药用价值。只是在一茬一茬口传身授的时候，被哪一茬浪荡子弟给传误了，了哥王才从此被瑶村人埋没。

写到这里，我真恨不得马上回到瑶村，告诉仍然生活在那里的村民，要善待了哥王，要好好利用了哥王。

但仔细想想，我还是不回去罢。在瑶村了哥王现在作为一种贱物长得到处都是，而一旦知道了它巨大的药用价值，穷怕了的乡亲还不会疯狂地去抢挖？那么要不了几年，了哥王就会在瑶村绝迹。了哥王也许就是在各地被"追剿"怕了，才选择在闭塞的瑶村落脚，度过了一个又一个平静而美好的春秋。尽管村人不知道它的药用价值，可它的气息却神秘地吸引村人，从而在暗处保护生活在它周围的村人。

这么想来，我突然觉得有些惊悸。自然与生命本身之间的关联有时候真的把科学和愚昧混杂的社会文明都排斥在外了。从理性上讲，了哥王既不适合做柴火，也不适合做草料。但我清楚地记得，我们时不时就把了哥王砍回去做柴，或割回去做草了。恍惚之间，被一种神秘气息牵引，让我们最终向了哥王靠近。保持在若即若离的距离，而不是彻底地将它遗忘。

我记得有一回，我的脚后跟被石头砸烂了，化脓流血，下半身很多地方都长了淋巴结，走路都一拐一摇的。在这种情况下，我还坚持上山砍柴。可后来，仿佛是一种潜意识，我把路边的灌木丛砍了两大捆回家，其中就夹杂着大量的了哥王。以前，我以为是因为自己行动不方便，就近取柴而已。现在想来，应该是我基因里的某种神秘因素发挥了作用，它指引着我把了哥王砍回家，因为了哥王正可以医治我身上现有的伤病。

大多数时候，牛是不会吃了哥王的。它一张大嘴在生满了哥王的灌木丛中挑来挑去，连一片了哥王的叶子都不会卷进去。可个别时候，牛一张口，就会把了哥王连叶带枝地嚼下去。那时，我们怕牛会中毒而死，急忙把牛赶开。现在想来，也许那时牛患了淋巴结肿痛、扁桃体炎或别的疾病，牛正在为自己治疗呢。这时候，靠基因遗传密码指引的牛居然比人还聪明了许多。

理性文明剥夺了神秘基因的很多权利。好在我在砍柴、捆柴、挑柴的过程中，已多次与了哥王接触，了哥王浓浓的气味，布满了我的全身。它医我疗我，像润物无声的细雨。而当我把柴火一小把一小把送到灶膛里的时候，了哥王杂在其间，火少烟多，把本来已经哮喘的我呛得大咳不已。父亲埋怨我不该砍那些没有火力的杂柴乱木，而那时，了哥王正凭着它的浓烟在默默地给我治疗支气管炎或哮喘病什么的。

难怪在瑶村，即使有什么病痛，用不着怎么管它，隔一阵子，它就自动消失了。那是很多草木如了哥王一样，在暗处默默地保护着我们。

我真不知道我为什么要来城市。如今我全身都是伤病，可能够医治我的药草，都在远远的家乡瑶村。

观音柴（七叶莲）

药用：具有祛风止痛、舒筋活络的功能，主治三叉神经痛、神经性头痛、风湿痹痛、跌打损伤等。

观音柴，它长在瑶村后山一个名叫十八梯的地方。

十八梯，顾名思义，是一个非常险峻的地方。观音柴不怕险峭，在那儿年复一年，长得非常逍遥。

观音柴的叶子是掌状复叶互生，每一片叶子有七八片小叶，像似观音菩萨坐的莲盘，也许就因为这个，故乡人才称它为观音柴。

在故乡瑶村，其实也有一些通药理的人，比如我外婆的爷爷。他死于新中国成立初期。我母亲从没见过他，我当然也就不可能见到他。可他行医的名气，却能穿越半世纪的时空，直抵我的耳朵，隐隐约约，还似乎有雷声。我外婆说：说起我爷爷，那"茶永耒攸"的人都伸出大拇指夸赞呢。

外婆的牙齿有些外突。说这话的时候，她满脸是笑容，外突的牙齿上也显着荣光。所谓"茶永耒攸"，是指围绕安仁的四个市县，分别是茶陵、永兴、耒阳、攸县。想想看，在信息那样不发达的社会，一个乡村医生居然能够把声名传播到那么远的地方去，那声名还真的如雷声般响亮呢。

我母亲说，她的曾爷爷在乡村都可以给病人开膛破肚，做外科手术。因为他自行研制了一种麻醉草药。患者服用之后，便失去痛觉，这时她曾爷爷就开始操刀作业了。

母亲说得像亲眼所见，事实上她也是听外婆说的。如果外婆的爷爷真有这么厉害，那么他应该是一个非常聪明的人了。

可那时，这个聪明的医师却碰到了一个比他更聪明的徒弟，闹出了一桩与观音柴有关的典故来。

这个聪明的徒弟我当然也没见过。我只见过他的儿子，他儿子是瑶村的小学教师，在十多年前就已经去世了，所以现在我也见不着了。如果现在我回瑶村，只能见到他的孙子。他的孙子同我差不多大，可聪明绝对在我之上，只可惜当年读书时爱美人不爱前程，没考上大学，现在只能子继父业，在瑶村当小学老师。可这个小学教师的牌技却在整个安仁县都是鼎鼎有名的。当教师的工资还不够他吸烟，他的主要经济来源是赌博。赌博是聪明人的游戏。我是从不敢沾染的。

我之所以说他孙子，是想告诉大家，他的聪明靠基因延及到孙子这一代，还如此了得，足见他当年是何等的聪明。嘿嘿。

话说这个聪明的徒弟跟我母亲的曾爷爷学医术，是一看便知，一问便懂，而且举一反三，触类旁通，把我外婆的爷爷吓得忧心忡忡。

为什么？这么聪明的徒弟，只要另立门户，就会将他的饭碗抢走。这可如何是好？

老人日担心，夜担心，居然把自己弄成个神经性头痛了。

一天，徒弟向师父请教一天的功课。爷爷随口布置：今天也没有别的什么事，你就去后山十八梯挖一棵草药回来吧。

挖一棵什么草药呢？

挖一棵什么草药我也不知道。你到了十八梯后，用锄头往地上一砸，然后高喊一声：什么药吃素不吃荤？！如果有药答应，你就把它挖回来。

徒弟应声去了。当他赶到十八梯后，只看见满山翠叶，杂木丛生，哪里有什么吃素不吃荤的药呢？他以为师父是在考他的智慧，却不知师父是有意刁难他。如果这时候他装傻，空手回来向师父交差，也许师父还会把他留在身边。

可要让聪明人承认自己是个笨蛋，有多难啊。这个徒弟不想被师父难倒。他坐在十八梯的某级石阶上，左思右想，突然灵机一动，如醍醐灌顶般地叫了一声。

他找到了答案。

晌午时分，他如期回家。手中拿着一棵观音柴。他说：师父，这些天来，我常见你捂着头，想必是犯了神经性头痛，我把这棵药煮水让你服下吧。

师父长叹一声：徒弟啊，这棵柴以观音命名，当然是吃素不吃荤。可你并不是个吃素不吃荤的主啊。我就算服了这碗药又有什么用呢？

徒弟听后，知道师父的意思了。他默默地收拾行装，黄昏时分，向师父告别。

师父一脸愧怍地望着他离去。

……

唉，我外婆的爷爷一世英名，因为这件事，却打了个老大的折扣。外婆说：这也是没办法的事，谋生之技，不可能倾囊相授。

也正因为这样，我外婆从她爷爷那儿学了点皮毛医术，也不想传授给我母亲，而是要传授给我的舅舅们。

也正因为这样，我这个外孙今天面对故乡这些草药时，倍感生疏和怅然……

丝瓜（丝瓜络）

有好几回，我在书中看见作家们把丝瓜比作电话筒，而且是悬挂着的电话筒。这比喻形象是形象，但要把清新淡雅的丝瓜与成批量生产的工业产品类比，我总觉得有些别扭。

悬挂的电话筒，多不适宜的一个场景啊！主人为什么让电话筒悬挂呢？往恐怖一点想，是主人打电话时，突然被人暗杀了；往紧张一点想，是主人与电话那头的人吵架了，愤然摔掉了电话筒；往悲伤一点想，是主人接到一个不幸的消息，电话筒从主人手里慢慢滑了下来……总之，这些悬挂的电话筒都是暴力性的、情绪化的、非自然的。而悬挂中的丝瓜要多自然就多自然，如果有晨风来，悬挂中的丝瓜晃晃悠悠，那份自然的美感和韵味就更足了。

再说了，丝瓜的栽种没有万年，也有千年，而电话的历史才不过一百多年，怎么反说丝瓜是电话筒了。如果说，当初设计电话筒的人，一定是个爱吃丝瓜的人。这样的联想，就让人容易接受多了。

是的，在故乡瑶村，没有人知道丝瓜的药用价值，但丝瓜作为一道美味佳肴，却一直占住了瑶村人夏季的餐桌。写到这里，仿佛就有一股丝瓜的清香从遥远的瑶村传过来，我舌下马上就液津津的一汪了，很多过往的场景也逐渐在脑海中复苏。

如果不怕得罪南瓜和冬瓜的话，我得承认，相对它们来说，我更喜欢吃丝瓜。早晨，只要母亲宣布今天吃丝瓜，我和小妹必会拿把剪刀飞快地跑到前坪，把一只嫩嫩的丝瓜剪下来，然后用菜刀来刮丝瓜皮。就在刮丝瓜皮的过程中，丝瓜那股特有的清香就把屋子挤得满满的。纯正的清香，几乎是瑶村夏季植物气味的代表。

刮丝瓜皮也是个蛮有趣的过程。去了皮的丝瓜滑溜溜的，像一只活物在手中转来扭去，让人忍不住就会咯咯咯地笑起来。但笑归笑，可得小心，要不然丝瓜一个翻滚，菜刀就会在自己手上划出一道血口。

母亲不怎么想让我们刮丝瓜皮，但我们老喜欢抢着干这活。母亲就让我和小妹一起完成。往往小妹抓住丝瓜的一头，我抓住丝瓜的另一头，一把菜刀在丝瓜的中央磨来刮去。丝瓜老想要从手中挣脱出来，让我们不由自主地笑个不停。

有时小妹"啊"一声，母亲脔心（湖南方言，脔心即心脏）一颤，以为出事了，马上跑过来看。

果真出事了，可不是我们，而是丝瓜。丝瓜被我不小心用刀从中截作两段。小妹"啊"一声后，就咯咯咯地笑开了，母亲嗔骂道：死妹子，一惊一乍，吓我一跳。说罢也笑开了。现在想来，多平常的事物啊，有什么好笑的呢，可那时，就是这样的，什么事情都能惹出我们的快乐来。

丝瓜清炒也好吃，杂炒也好吃，做汤也好吃。漂几截葱花的丝瓜汤，那股香啊，真值得人一辈子回味呢。有时母亲太忙了，连做菜的时间都没有，就把丝瓜放在饭上蒸，熟后拿出来，加些盐油，一搅拌，居然也好吃呢。

可最好吃的，还是丝瓜泥鳅汤。可惜瑶村人不知道。我是来长沙后才知道这道菜的。吃这道菜的时候，我老恨不得即刻飞回瑶村，爬上村口的大树，对着村人喊一声：丝瓜，加泥鳅，清炖，最好吃！

吃丝瓜是一乐，而栽种丝瓜之乐，更胜于吃丝瓜了。

一般的蔬菜，都是种在菜园里。瑶村人对丝瓜却特别的厚爱，喜欢把它们栽在屋前屋后。春天，在禾坪周围挖几个坑，挑几担基肥倒进去，然后把丝瓜苗移栽进去。再在旁边插上杆子，拿草绳往上面一张，要不了两个月，丝瓜苗就顺着杆绳攀缘上去。先是开手掌般大小的肥叶，然后开光烂烂的黄花。不经意之间，小小俏俏的丝瓜也出现在藤蔓上了。开始花大身小，像小个子洋娃娃穿一朵花裙。没两周，身子就丰满起来，蒂花悄然萎缩。这时丝瓜就像电话筒了。

小时候家里没有电话，但我们在电影里见过电话。孩子们就常握着丝瓜，作电话用。

喂喂喂，我是猎鹰我是猎鹰，飞虎请回答请回答。

飞虎收到飞虎收到，任务已经完成，请放心请放心。

两个孩子，握着同一根藤上的两个丝瓜，正做着白日梦。突然耳边一声暴喝：放心个鬼啊？！看我不打断你们的狗爪子？！丝瓜的主人边说边举起手，冲过来。

孩子们嗷一声，大笑着逃之夭夭。

听大人们说，丝瓜握了之后，就会长得慢些，甚至不长。可通电话的游戏是那么刺激，孩子们才不管它长不长呢。

读中学时，我突然爱上国画，老爱画丝瓜藤。画老长老长的丝瓜。丝瓜下面，则是一只母鸡，带一队小鸡在刨食。其中两只小鸡，正为争一只蚯蚓，撅着屁股斗。这样的农家小景，怎么画，都不觉得厌。怎么画，心都是温馨的。

前年，父母搬到城里来住，居然想在院子里栽一两棵丝瓜苗。但被园丁当作野草拔掉了。父母怅然了很久，我也跟着怅然了好长一段时间。如果栽一两棵丝瓜，我屋前的草坪上，到夏天就会有纯黄的丝瓜花开放，这些瓜花，虽不如院子里其他花草名贵，但看着能给人无限忆想。三十岁之前朝前看，三十岁之后朝回看。现在我和我的父母，总喜欢回忆往事。

附录：药方一

主治：绞肠痧（腹部痉挛痛）

方药：鲜丝瓜叶60克

用法：捣烂绞汁，冲淘米水服

药方二

主治：百日咳

方药：生丝瓜，蜂蜜30毫升

用法：将丝瓜洗净，切碎，捣烂，绞汁，每用30毫升，加蜜10毫升服之，一日3次，或将丝瓜藤切断，用玻璃瓶按取其滴下之水，每用30毫升，加冰糖10克，炖热服下

金银花

药用：具有消热解毒功能，主治风热感冒、咽喉肿痛、痢疾、痈肿溃疡等症。

有一些植物，瑶村人不知道它的药用，却知道它是一种可以换钱的药。金银花便是其中一种。

大约是初秋季节，操外地口音的人总会跑到瑶村来，设一个点，专收金银花。这个点，如果不设在瑶村，也会设在与瑶村相邻的村子。所以每当金银花开的日子，瑶村的少年便会忙碌起来。他们每天早早起床，结伴进山，去采撷金银花。

金银花是一种藤蔓植物，喜水，常生在山沟边，藤蔓缠绕灌木，把一条溪沟都笼罩着。人站在旁边，往往只有听到水声，而看不到流水。

每见到一蓬金银花，大家往往蜂拥而上，两只手忙个不停，全然不顾脚下面有没有踩着实处，往往采着采着，下面的小灌木突然嚓嚓嚓地响个不停，人来不及后撤，就从踩断的枝丫上掉下去了。掉入溪水之中，把溪潭里的蛤蟆，蛇啊，鱼啊，梭子虫啊，吓得到处乱窜。而人也会吓得不轻，生怕毒蛇和蛤蟆会反扑伤人，急忙忙爬出来，站在一旁湿淋淋地发怔，再没与人争采金银花的心思了。

也有好笑的，人掉下去了，大大的竹篓却被卡在枝丫间下不去。人于是在半空中大呼小叫。可这时才没有人理他呢。大家哧哧地笑着，双手忙得更欢了，非要把一整蓬金银花采撷完，才会把悬在空中的人拉上来。

小小的花朵，呈管状，两三片花瓣突然外翻，露出几根细蕊来。花初开时是白色的，隔不了几天就变成黄色。这样白黄相杂，就是金银花之所以得名吧。

香，真香。把自己采撷到的花捧一捧凑在鼻边，大伙儿都说香。一边说着香，一边把花中的枝叶拣出来，怕收购人拒收。采完这一蓬后，大家又去采另一蓬。瑶村的山山水水大家都熟稔了。哪里的金银花多，开得早，哪里的金银花少，开得迟，大家都清清楚楚。谁也糊弄不了谁，因此大家往往结伴而行。

收购的人说每斤两毛。这在二十世纪八十年代初期是一个挺不错的价格了，但花太轻了，即使采满大大一竹篓，也没有几斤重。我采金银花换来的钱，一般是当作自己的零花钱。而邻家很多孩子采花换来的钱则要当作学费。有些读者读了我的散文，说我矫情，在那样清贫的日子，居然有那么好的心境。事实上，我并不矫情。我家虽然清贫，但与邻家相比，我家的日子算好过多了。至少读书时父母从没少过我的学费。现在还可以给自己攒一些零花钱，怎不叫我乐开怀呢。那时赚一毛钱，比现在赚一百元一千元都快乐得多。即便清贫的日子，也有不少让我津津乐道的快乐。

采撷金银花的日子，其他的回忆都挺好的，只有一件事，曾让我年少的心灵受过伤。

我家我老大，上无哥哥，也无姐姐。但我伯父家有哥哥，也有姐姐。我就把我的堂哥堂姐当亲哥哥亲姐姐那般看待。我每次去采金银花，都会跟他们一起去。我还有一个与我一般大小的堂妹，我们常泡在一起玩。可那一回，不知言语间怎么得罪了她，她跑到堂姐身边告我的状。那时我们正围着一大蓬花在忙碌。堂姐突然喊着我的名字叫道：你们家的人老这么横蛮？！干什么啊？！她的话刚完，大家都抬起头来看我。那一刻，有一种非常受伤的感觉漫延在胸。我红着脸，退出花丛，一个人站在路边抹眼泪。

我的堂姐，长得非常漂亮，我一直把她当自己的亲姐。可今天这个亲姐却如此呵斥我，把你家我家分得清清楚楚。我感到非常孤立。

也是从那一回，我对待自己的亲妹，总是特别好。我母亲常说：就两点人，彼此一定要好生相待。母亲不说两个人，而说两点人，把人一下子说得渺小起来。两点人好比茫茫宇宙中的两粒尘埃。由于出于同一母体，彼此当然要好生对待。

就像金银花一样，同一叶腋中的并蒂花总是最亲的。其他千千万万的花，虽然长在同一根藤上，但彼此隔得遥远，所以非常冷漠，仿佛不在一根藤上。

我漂亮的堂姐后来嫁给了一个有钱的基建老板。她生有一对儿女。那对儿女当然是她现在最亲的人。她家是千万富翁，但我的其他几个堂哥堂妹依然生活在贫穷之中。她也许管不得那么多了吧？嫁了人之后，亲兄亲妹，也会疏远很多。

我说这些干什么呢？说着说着，突然觉得好伤感的……

人，真的好孤独。我与自己的亲妹妹也有两年不见了。我其实不够关心她。这一刻，我真的觉得自己好对不起她。去年有一回，她打电话来向我哭诉，说她老公家的人欺负她，却被我不分青红皂白地训斥了一顿。

我做错了。因为我俩是瑶村并蒂的两朵金银花。在这个深寒的宇宙中，她是我同辈中唯一的亲人。就算她错了，我也应该在姿态上对她表示声援，即使要批评，也要和风细雨，和颜悦色。

我突然想到了我家的儿子。同辈中他居然一个亲兄亲妹也没有。我不知当我们不在了的时候，他受了委屈，找谁去诉说？如果政策允许，我恨不得生他三四个。我是个没大志向的男人，就喜欢生娃。

但愿我家的儿子是一个懵懂而勇敢的孩子。因为懵懂，所以不多愁善感；因为勇敢，所以不怕任何伤害。

药方一

主治：细菌性痢疾

方药：金银花 15 克，车前草 30 克

用法：水煎服，每日 1 剂，连服 3~5 天

药方二

主治：胆囊炎

方药：金银花 30 克，蒲公英 15 克，板蓝根 15 克

用法：水煎服，每日 1 剂

焰峰柴（合欢花）

焰峰柴，在瑶村人的眼里，颇为神秘。尽管这种神秘来得毫无道理。但瑶村人见到它，总有种避犹不及的感觉。我问父亲是什么原因，父亲也说不出个所以然来。我问村庄最老的长辈，最老的长辈也说不出个所以然，只说他小时候，大人们就是这么吩咐的，少碰焰峰柴。说是接触多了，好便罢了，不好就会浑身奇痒，七窍流血。

这真是太恐怖了。我可得小心了。但无论多么小心，在山中的灌木丛中穿行，有时难免会与焰峰柴狭路相逢。有时手里握着焰峰柴的秆子了，抬头一看，才知道是焰峰柴。这时候，说什么都晚了。只能忐忑不安地等着自己浑身奇痒，七窍流血。结果等了半晌，居然无事，就觉得自己好幸运，应该是碰上"好便罢了"的情形。

这么恐怖的焰峰柴，样子长得却并不狰狞。不但不狰狞，还非常柔美。羽毛状的叶脉向外舒展，像一只只开绿屏的孔雀。还有它的花，针芒似的花瓣，伞房状排列，颜色从底端的淡黄到乳白、淡红、粉红、微橙、大红、深红，到顶芯的纯黄，流光溢彩，过渡自然。那花儿就像小女孩冬帽边垂下来的两朵绒花。小小的绒花儿躲在宽大的羽叶之中，像古代灵秀的女孩藏身在她的闺房之中，让路人不由得怦然心动。我就不明白，这样美丽的植物，怎么会让人七窍流血呢？

读高一那年，整个暑假，瑶村的少年们都在布子垴野里砍柴。布子垴野里柴多，荆棘多，藤蔓也多。柴、荆棘和藤蔓就这样搅在一起，葳蕤丛生。当暑假要结束的时候，我们几乎把布子垴野里的柴全砍光了，原本缠绕在柴冠上的荆棘和藤蔓只能匍匐在地。整个布子垴野里的绿色在那个夏天平均矮了一到两米。

唯一高高站立的，是山腰间那丛焰峰柴。瑶村的少年们都遵循古训，没有人敢去碰它。但那一天，我在布子垴野里转来转去，实在找不到别的棍子柴可砍了，就毅然决然地走向了那丛焰峰柴。我把它们全部砍光，削掉枝叶，正好一担。

挑柴回家的路上，我是一脸的自豪和不在乎。我就不相信这么柔美的花木竟是魔鬼的化身。就算它是《聊斋》里的画皮，我又何惧哉？

然后，就开学了。跑到学校的第一天，在图书室翻开一本书，竟然就是焰峰柴的图片。它嫣然立于书中，像媚狐般冲我神秘一笑。我灵魂一颤，飞快地把书合上了。待惊魂甫定，我又把书打开。这时看到了图片下的名称：合欢花。

我满脸一红，又飞快地合上了书页，心莫名其妙地乱跳不已。

合欢花，多淫邪的名字啊！

它为什么会叫合欢花呢？我再次翻开书，像小偷一样去寻找答案，但书上没有解释。拿着藏有合欢花图片的书本，我居然如握着一条响尾蛇那般恐惧，并且还杂有羞耻和惊慌。我赶紧把书插到它原来的位置，一溜烟跑出了图书室。

我把布子垅野里一大丛合欢花给砍了。

我把布子垅野里一大丛合欢花给砍了。

接下来的时间，我满脑子都是这个念头。我对自己说，砍了就砍了，它也不过是一种木，一种植物而已，我何必过多地去纠缠。可不行，我满脑子除了这个念头，再也容不下别的念头了。

晚上，我梦见八十班一个女生神秘地冲着我微笑，她慢慢地游到我身边，把我缠得几乎要窒息。我紧抱她柔嫩的腰肢，却突然发现她长着蛇身。我大喊一声，从梦中惊醒。鼻孔里的凉血，这时顺着腮帮一滴一滴地流淌，而下体的一股浓稠液体把满床弄得都是腥味。

我吓坏了，我以为我会死去。焰峰柴，也就是合欢花，它身体里藏着一个古老的诅咒，今夜在我身上应验了，我将七窍流血而死。

当然，我并没有死。两天后，我才想明白，我碰到了初三生理卫生课里说的情形：开始梦遗了。

……

直到现在，我仍然不知合欢花为什么叫合欢花。但这个名字，如今听来，是那么的温馨，并且亲切。这是迄今为止，我认识的植物中最好听的一个名字。

瑶村人为什么把这种植物叫作焰峰柴，会不会有什么典故？我同样不知道。唉，村庄太古老了，很多东西我不得而知。

古老村庄里有些禁忌虽然莫名其妙，但能够遵循的，最好还是去遵循吧。我一直不认为我最初的梦遗源于偶然，它应该与焰峰柴的某种禁忌有关。

药方一

主治：心烦不寐

方药：合欢皮 15 克，夜交藤 30 克，鲜景天三七 15 克

用法：水煎分 2 次服，每日 1 剂，连服 3~5 天

药方二

主治：蜘蛛咬伤

方药：合欢皮适量，麻油少许

用法：烘干，研细末，麻油调涂伤处

紫 苏

药用：具有发表、散寒、理气功能，主治感冒、风寒、咳嗽、胸腹胀满等。

　　紫苏学名就叫紫苏，瑶村人的俗称也叫它紫苏。不知为什么，我觉得紫苏是瑶村花草树木中最好听的名字之一。这种想法，我也不知源于何时，源于什么，反正听着怪顺耳的，听着怪典雅的，听着书卷气怪浓的。后来也不知什么时候，一提起紫苏，我就会想起张爱玲。我也不知为什么会想起她，也许跟她的书有关吧。也许跟她书里一个叫苏青的女人有关吧，又或许跟她喜欢穿紫衣裳有关吧。总之，莫名其妙得很。这样的名字的植物，感觉它应该适合瓶养，摆在女人的卧室，而不应该在瑶村的山野卑贱地生长。

　　事实上呢，紫苏放在瑶村众多的植物中，它也并没有显出自己多么的独特来。它生长在一些溪沟旁边，长得很随意，有的地方长得密些，有些地方长得疏些。宽卵形的叶跟亚热带许多植物的叶没有区别。一米高的矮个子跟亚热带很多一年生草本植物的个子非常相像。

　　唯一不同的是，紫苏浑身紫色。茎是紫色的，花是紫色的，连叶都是紫色的。远远看去，紫苏就有了自己独特一面。书上说，紫色是一种华贵典雅之色，很可能是受了书本的影响，我才觉得紫苏是瑶村植物最动听的名字之一吧。

瑶村人似乎也并不知道紫苏的药用价值。至少我从没见过哪个瑶村人用紫苏入过药。但瑶村人一直拿紫苏做菜吃，特别是拿它炒鱼，炒小个的溪鱼。那滋味儿，可真是香得很。

就有那么怪，紫苏有一种特别的气味，小鱼儿则有一种特别的腥味，可把两者一中和，一炒，用锅焖一下，两种气味同时消失。剩下的，只有清纯鲜嫩的美味啦！

瑶村的春季多雨。雨下得很多的时候，溪满了，池满了，田也满了，白茫茫的一片，到处听到水响。

水响，我们听着也就听着，可鱼儿们听着可受不了啦，来劲啦，以为满世界都是它们的天下。它们就结伴到处游啊玩啊，游到平时想也想不到的高不可攀的地方。可雨又没给它们承诺，说停就停了。

雨一停，水马上撤退。鱼首领也许发过撤退通知书，可很多小鱼儿没看见。大水一撤退，来不及撤退的小鱼儿就只能窝在浅浅的水洼里无法动弹。这时瑶村人就可以不费吹灰之力拾起它们，往鱼篓里扔。

也有心急的瑶村人，不等大水退去，就披着蓑衣，拿着网兜，在白茫茫的大水中奔来跑去，一会儿在池塘边的响水里捞一下，一会儿在沟渠里的急水中网一下。他们捕鱼的经验丰富得很，从来就不会落空。你小屁孩学着他们的样子，跑来奔去，这里网一把，那里捞一把，可除了杂草乱枝，什么也没捞着。这时呢，你不佩服他们还不行。傻呆呆地站在雨中，任额头眉心的水一道道流进脖子，搞不清自己究竟什么地方出了差错。捕鱼人从你身边经过，一脸的嘲笑。

笑什么笑什么，我老爸也在外面捕鱼呢。我家也有鱼吃。

雨停了，水还在哗哗地响。这时你迫不及待地冲进野地里，把被雨水冲洗得葱茏油亮的紫苏摘一把回家。紫苏有脚，可紫苏的脚扎在地上不会跑，你想摘多少就可以摘多少。鱼儿没脚，可没脚的鱼儿跑得贼快，你想网都网不住它。

你心里还是有些不甘心，捕鱼人这时返回村庄，你举起手中的紫苏叶，冲着他哼一声。

捕鱼人往往会咧着嘴笑，说：小样。

药方一

主治：进食鱼蟹中毒引起的腹痛、呕吐、腹泻

方药：紫苏叶30克，生姜9克，大蒜头10克

用法：水煎服

药方二

主治：妊娠呕吐

方药：紫苏梗9克，竹茹6克，陈皮6克，制半夏5克，生姜3片

用法：水煎服，每日1剂

乳蓟（乳蓟子）

药用：具有抗肝脏中毒、改善肝功能、解毒功能，主治急性肝炎、肝硬化、肝炎等。

在网站 TOM 发帖的那会儿，我有个笔名叫乳蓟子。后来得知有个青年作家先于我用了这个笔名，我就放弃了。谁知这个青年作家成名之后，也把这个笔名丢掉了。一个怪好听的名字，我不知他怎么就不用了呢？早知，我就不扔了。而这时再要拾起，内心里居然有嫌弃之意。唉，谁知道内心那些隐蔽的想法呢？我只好由它了。

按书上的说法，乳蓟原产欧洲和北非，但在我国各地都有栽种。可瑶村的田野山坡上，到处都生长着这种植物啊！难道在古代的瑶村，也曾栽种过这种植物？也许是吧。又或许是风的原因，水的原因，飞鸟的原因，把乳蓟子带到了瑶村？总之，现在乳蓟已在瑶村扎根了。

乳蓟在瑶村，只是一种野草，很贱地生长在沟沟壑壑之中。模样儿可是水灵灵的。开着玫瑰红的绒球花儿，披着一身永远也不变老的新绿。而且还有些乡村女孩的野性，茎、叶、萼上都长着小刺。一不小心，就刺着你了。有些微的疼，些微的痒。但毕竟是那么葱茏野草，连同它的刺也是娇而无力的。你小心翼翼，呵护般地靠近它，它也许就扎着你了。如果你全然不在乎地握住它，它的刺就半点作用都发挥不出来。像那些刁蛮女子在她孔武有力的男人面前。男人呵护她，她的刁蛮才有发挥的余地。男人若贱待她，她的刁蛮就毫无作用了。

乳蓟在瑶村，主要是拿来喂猪的，所以也叫猪草。喜欢乳蓟花的人儿也许觉得瑶村人贱待了它，可有什么办法呢？瑶村的猪儿就喜欢吃这种草。这也是物竞天择、自然选择的结果吧。

小时候，瑶村几乎家家户户养猪，家家户户的小孩都有打猪草的任务。往往放学了，一人背着一个篓子出门。成群结伴，在旷野里游啊荡啊，麻雀般叽叽喳喳的声音也在旷野里游啊荡啊。有时停在某个坳里，隔壁坳里的大人们看不见人，也会知道有一群小孩在那边坳里打猪草。因为他们叽叽喳喳的笑闹声实在是满云天地飞。

无猪草的时候，大家心不在焉地游荡，一旦见着猪草，大伙马上机警起来，东奔西窜，像一群突然炸窝的老鼠。一把镰刀在手，也是使得活灵活现。

我曾在散文《割》里说过，小时候打猪草一直是我的强项。所以每每回忆这件农活，心里就有一种别样的温馨。外人也许不知道，彩霞满天的时候，一行人背着篓子回到村庄，谁的猪草多，谁的猪草少，那可是一目了然啊！这时猪草多的孩子被大人们一路夸赞过去，那感觉真像刘翔得了奥运冠军，整个世界都攥在他的手中呢。

长大后，考大学、找工作、娶妻、生子、升职、获奖……有那么多高兴、自豪的事情，可再也找不到把整个世界拽在手心的感觉了。唉，有时候我真羡慕打猪草时那个小模小样一脸得意的我，顺带也羡慕一下刘翔。不是羡慕他的名和钱，而是羡慕他夺冠后天下第一的感觉。对于一个想要取得更大成功的人来说，这种感觉是何其重要。可现在的我，对任何事物，都是得之不喜，失之不悲，没感觉了，麻木了。

四癞子是个打猪草的慢手。黄昏，天要闭上它睫毛的时候，我们的篓子满了，四癞子的篓子却还亏一半。四癞子怕父亲责骂，就懒在野地里不肯回家。我们等啊等啊，眼看黑夜就要把我们合进它的睫毛里。没奈何，我们只好一人匀一把猪草给四癞子。这时再看四癞子的篓子，他的猪草居然最多。

四癞子抽着鼻涕，一脸荣光地走在前头。每逢大人夸一句：四癞子，看不出啊，你今天第一啊？我们必会在后面齐声回答：是我们把猪草送给他的！

害得四癞子一点成就感都找不到。

除了乳蓟，瑶村还有几种常见的植物，既是草药，又是猪草。我不妨一并将它们记录下来。

水茴香。瑶村人唤水茴香叫水衍菜。它长在池塘边的水草里。我们要下水才能把它割上来。荒塘的水草里一般有很多饿蚂蟥。我们割了水茴香上岸，白白嫩嫩的小腿上就沾了五六条蚂蟥。有些蚂蟥笨，人上岸了，它还死死地叮着你的腿不放。有些蚂蟥聪明，稍有异动，它就缩作圆圆的一团，从你的腿上掉下来，这时被蚂蟥叮过的地方，就会有一道血流出来。（水茴香具有行气止痛、健脾燥湿的功能，主治慢性气管炎、胃寒痛、腹泻、跌打瘀痛、蛇伤。）

地耳草。春天的油菜地里，地耳草最多。我们钻进香艳艳的油菜花地里，不一会儿就可以扯满一背篓地耳草。等我们从油菜花地里钻出来的时候，头和衣上往往都沾满金黄的花瓣。因为好看，我们也不会将花瓣拂掉。事实上想拂也不一定能拂掉。花瓣湿湿地沾在身上，沾得牢牢的。要一片一片地拾，才能去掉。(地耳草具有清热利湿、散瘀消肿的功能。主治急慢性肝炎、小儿疳积。外用治蛇咬伤、痈疮肿毒。)

大蓟。大蓟的花长得如乳蓟，叶也长得如乳蓟，秆子也长得如乳蓟。大蓟与乳蓟的区别是，大蓟的叶子上没有长刺，却长有像刺儿一样的柔毛。大蓟很乖巧地生长在田埂上，荒地里。大蓟的蔸盘大，分量多，我们喜欢割大蓟，如果能找到几十棵，一天的猪草就有了。若是荠菜，要几百蔸才能凑成一篓。(大蓟具有凉血止血、散瘀消肿的功能。主治咯血、吐血、功能性子宫出血、产后出血、肝炎、肾炎、跌打损伤。外用治外伤出血、痈疖肿痛等。)

除了以上这些，还有蒲公英、胡葱、荠菜、连钱草、罗勒、垂盆草等都是猪喜欢吃的野草。童年时，我们根本没想到，几乎所有的猪草都是草药。难怪瑶村的猪似乎一年四季都不生病。要生病也最多是感冒而已。我外公是个兽医，记忆里，他一年四季在瑶村都闲得无事，每日里饮酒逍遥。

用这么多草药喂出来的猪，简直就成了一头药猪，其功效大概与《射雕英雄传》里梁子翁先生饲养的药蛇差不多了。经常吃这样的猪肉，瑶村人的身体自然都是顶呱呱的棒。

唉，说着说着，思乡之情又强烈起来。我觉得世界上最幸福的人，就是走出去后，还有实力再返回故乡的人。我现在伏隐在闹市之中，埋头工作，就想攒足实力，重新返回故乡。重新返回故乡，也没多大的想法，就想多嚼几块故乡的猪肉。嘿嘿。

药方一

主治：烧伤、烫伤

方药：鲜大蓟根适量

用法：将鲜大蓟根捣烂，绞汁，煮沸后放凉，外涂伤处，或将大蓟根焙干，研细末，麻油调匀外敷

药方二

主治：阑尾炎

方药：大蓟 60 克，红藤 30 克

用法：水煎服，每日 1 剂

望江南（望江南子）

药用：种子具有清肝明目、通便润肠、强筋骨的功能。主治目赤肿痛、习惯性便秘、慢性肠炎、高血压头痛等症。茎叶外用治毒蛇咬伤。

一、闲梦远，南国正芳春。船上管弦江面绿，满城飞絮滚轻尘，忙杀看花人。

二、多少恨，昨夜梦魂中。还似旧时游上苑，车如流水马如龙，花月正春风。

三、多少泪，断脸复横颐。心事莫将和泪说，凤笙休向泪时吹，肠断更无疑。

这三首词，都是南唐后主李煜依照词牌望江南所填。不知为什么，一说起瑶村的望江南，头脑中就会马上想起南唐后主李煜的词来。不知这两者有没有相通的地方。

望江南是瑶村一种一年生半灌木状草本植物。生普通的叶，开普通的花，高不过两米。相对瑶村别的植物来说，只有它果实有些例外，它结的荚果，居然羊角似的举立枝头。其他的，看不出更多特别的地方。童年时，我们只知它名字的读音，却不知道究竟是哪三个字。

及长，读高中，突然接触到望江南这个词牌名，读到温庭筠的名句："梳洗罢，独倚望江楼。过尽千帆皆不是，斜晖脉脉水悠悠。肠断白苹洲。"心头一震，怅然之情顿塞胸间。这时再想故乡的植物望江南，似乎别有一番深意在其中。

暑假，找一只陶罐，把这株普通的植物移栽罐中，养于窗前。有男女同学来看我，我便不经意地告诉他们：这是望江南。我说出这个名词的时候，女生们总会对这株植物另看几眼，顺带对我这个人也会另看几眼。我要的就是这个效果。身处偏僻乡村，我这个乡巴佬在那时居然就有小资情结。现在的我无论如何也想不通，大约是春情萌动了罢。

为了故乡的望江南，高中时，我几乎读遍了唐宋词中所有以词牌望江南所填的词。最早的当然是白居易的《忆江南》了："江南好，风景旧曾谙。日出江花红胜火，春来江水绿如蓝，能不忆江南？"

比较靠后的是南宋宫女金德淑的："春睡起，积雪满燕山。万里长城横玉带，六街灯火已阑珊，人立蓟楼间。空懊恼，独客此时还。辔压马头金错落，鞍笼驼背锦烂斑。肠断唱阳关。"

而以南唐后主李煜所填之词最动人心魂。大概与他个人的身世有关吧。南唐所处江南，后主李煜乃词中高手。无奈国力薄弱，被北宋所亡。后主李煜从金陵押到东京（今河南开封）因禁。从此词中一改欢颜，几乎全都是诉说国败家亡之痛。让人读来，不免肝摧肠断，气郁神伤。

中国的地名是说变就变，想改就改。我不知中国的植物名称是不是也经常变动。我估计在没有词牌望江南之前，这种平常的植物应该不叫望江南吧，这种植物与李煜的身世也许大有关系。

被囚东京的李煜，南眺金陵，既歌且咏，终日以泪洗面。久而久之，眼睛必会肿痛流血。而这种植物的果子正有清肝明目之效，可治疗李煜的目赤肿痛之症。

一天，李煜问医生，此物何名？医生答道：××。李煜一听，名字不怎么好听，就说：从此改名望江南吧。此物治我眼疾，让我能长望故国。以望江南称之，最为适合。

江南百姓思念故主，听说李煜改此物为望江南，便一传十、十传百地传开了。

噫嘻乎，我这么胡思乱想，不会招来国学大家们的训骂吧？

药方一

主治：顽固性头痛

方药：望江南叶 30 克，猪瘦肉 100 克

用法：加水炖烂，加盐少许，喝汤吃肉，每日 1 剂，连服 3~5 天

药方二

主治：眼结膜炎

方药：望江南子 20~30 克

用法：水煎服，每日 1 剂，连服 3~5 天

刀 豆

药用：种子具有温中降逆、补肾功能，主治虚寒呃逆、胃痛、肾虚腰痛、跌打损伤、腰痛。具有散瘀止痛功能。果壳具有通经活血、止泻功能，主治腰痛、久泻、闭经。

瑶村的小孩骂人，有这么一句：你妈妈的刀豆！

被骂的人必会满脸通红，勃然大怒，用连续两句或两句以上"你妈妈的刀豆"回敬过去。如果力气够大，还会把对方狠狠地挫一顿，挫得他以后再不敢轻易吐出这个词了。可见，此词的伤人效果有多厉害。

小时候，也就这么跟着人家骂啊骂的，反正人家这么骂我，我就这么骂人家，根本不知道这是什么意思。你妈妈的刀豆？真是莫名其妙。在瑶村，每户人家的菜园里都种有刀豆。因此每个母亲都有刀豆，怎么就成了一句骂人的话了呢？

这话其实最开始是从大人们嘴里冒出来的，小孩子们就以为这话是骂人语言中的极品，就跟着嚷开了。现在想来，这句话中的"刀豆"大概是指女人的性器官吧。刀豆的横截面，还真像女人美丽的性器官。但像即像罢，也不必拿来骂人啊。就像某个地方的市花造型像极了女人美丽的性器官一样，可除了导游给游客介绍时常把这事挂在嘴边，其他市民并没有这么说。由此可见僻乡山民之粗野了。今日作文突然说及此事，也足见我的鄙俗了。

刀豆是一年生缠绕性草质藤本植物。春天播一颗种子下去，夏天就会长出好大的一丛藤来。有经验的村民，往往在播种的时候，就颇为夸张地给它搭了一个棚架。小孩子们这时往往要怀疑，一粒那么小的种子，要给它预备一个这么大的棚架吗？事实上到最后，每年的刀豆藤都会把棚架遮得严严实实。

刀豆的花期长，因此果期也长。往往在同一串花柄上，早的荚果已经长成，迟的花蕾刚刚绽开。刀豆形如其名，稍弯的荚果，就像一把柴刀。因此摘果实的时候，小孩们最开心了，他们两手挥舞刀豆，杀气腾腾地呐喊，颇有"男儿何不带吴钩，收取关山五十州"之气势，但毕竟是乡野，心里藏不住这么有诗意的壮志，他们都喜欢把自己比作是两把菜刀闹革命的贺龙。或者就唱着"大刀向鬼子们的头上砍去"这样的歌曲，在屋场里追来逐去，追得一屋场的笑声。

待母亲喊着要切菜了，两把刀豆早就给玩断了。但玩断了有什么关系呢？玩断了依然可以做菜吃。在玩具极度匮乏的乡村，母亲也就由着孩子们拿着刀豆作玩具，彼此"杀来杀去"。伤不了人，却能满足男孩们当英雄的瘾。

刀豆是一种特好吃的菜。都是横切，切片很薄。可炒，也可凉拌，用香菜和剁辣椒调和。但最受瑶村人欢迎的，却不是这样的吃法。瑶村人喜欢把刀豆切薄，微微晒一下，晒得半干不湿，然后泡在米酒坛子里。每次要吃的时候，用一双干燥的筷子夹一把出来就是了。酒泡刀豆，香、脆、酸甜、有嚼头，口感极好，下酒送饭都不错。不下酒不送饭也行，孩子们嘴馋了，左右瞧着无人，就抽一双筷子，往酒坛里一伸，夹一把扔进嘴里，嚼着去上学，或者去做其他事情，都特有劲，并且一天兴趣盎然。

也有人把刀豆栽在院子里，我们邻居家就是这样的。栽在院子里的刀豆一旦长成熟了，满棚子就有无数柄弯刀悬挂，把整个农家院子搞得像个军营。邻家大哥就在刀豆架下，款待四方商人。那时，我真羡慕邻家大哥的那份豪情啊！他们对月当风、把酒高谈的样子，一直以来，都栩栩如生地活跃在我的脑海之中。

可惜邻家大哥做错了买卖，他走私黄金。败露后，亡命天涯，至今再不敢回瑶村看一眼。瑶村昔日那个种刀豆的院子，现在只剩下他白发苍苍的老母。

绿　豆

药用：有清热解毒、祛暑止渴、利水消肿、明目退翳、美肤养颜之功能。

外婆惜土如金。这话可能夸张了。生产队的时候她可没这么恋土。别人也不恋。每天出工，一村子人站在田里地里，都一副恹恹的提不起精神的模样。后来田地承包到户，一下子就像换了一群人，都一个个贼眼乌溜地满山满野去找土地。有点像圈地运动，只一天工夫，村前村后稍能开发的荒山乱野就被人用锄头标了记号。外婆家的孩子多，我妈生我的时候，外婆还在生孩子。孩子太多，有时外婆一天也不能走出家门。

等她第二天走出来，看见满山坡尽是开荒的身影，就知道自己失去了很多拥有土地的机会。外婆提着锄头疯了般满山满野乱转，但附近已没有她能下锄的地方了。

后来外婆就相中了岩窝里那一撮泥土。岩是红砂岩，红砂岩跟花岗岩不同，红砂岩风也可以腐蚀，雨也可以腐蚀，日也可以腐蚀，雪也可以腐蚀。红砂岩风化很快，风化了的红砂岩被雨水洗下来积在岩窝里，春天来了，上面长几株草，就有了泥土的模样。外婆说能长草的地方就能长庄稼，她真把岩窝开发了。看着土太薄，她干脆从外面担了些泥土进来，撒上一些绿豆种，地就真的成地了。

南方春天雨水多，外婆的绿豆同别的土地上的庄稼没有区别，芽一样芽，苗一样苗。但一到夏天就不同了。夏天雨水相对少些，阳光却厉害得不得了，岩窝就像铁窝，而上面那一撮沙土，天晓得像什么？总之别人家的庄稼一天到晚都欣欣向荣，而外婆家的绿豆苗到了中午就要瞌睡了似的，倦叶低头，做绵绵欲晕状。

外婆真怕哪一天她的绿豆苗就这样一睡不醒，于是动员家里大小劳力去给绿豆苗浇些醒水。但谁也没去。当初外婆开荒岩窝，一家人都反对，说她是没事找事，那么贫瘠的地方能长出什么来呢？特别是外公，他捧着个酒瓶，每天乜斜着眼睛看外婆进进出出。外婆却认定能长草的地方就能长庄稼。何况自己不去开荒，就势必每年比别人要少收三五斗，同样是双手连肩顶着个头颅，凭什么呢？

外婆也许是对的。外婆瘦皮精骨，在她这么薄的地上，外公都能种出十把个子女来，谁又能断定岩窝窝那一撮泥土就会种而不果呢？

从溪里挑水上坡，是一件挺艰难的事。外婆在整个夏天都在做这件艰难的事。外婆开始做这事的时候，野地山坡还能看见一些劳作的身影，后来日头太大，整个村外就安安静静只剩外婆一人了。外婆不知道日光下的村庄有时会同月光下的村庄一样安静，她那时就有些茫然无措了。好在铁的任务在告诉外婆一定要把岩窝里的绿豆苗浇遍，好在还有一些细碎的声音在提醒恍惚的外婆自己的存在，譬如外婆粗糙的喘气声，水花溅出桶沿的声音，外婆赤脚踏着热尘扑扑扑的响声，还有，绿豆苗喝水时咕咕嘟嘟的声音。

头顶同一轮太阳，外婆在给绿豆苗浇水的时候，却没有人跟外婆浇水。恍惚的外婆终于没能在烈日下支撑住，她眼睛一黑，像一株被割的庄稼，温柔仆地。如果细看，外婆带着黑斑的皮肤其实裂得比土地更厉害。

看起来跟庄稼一样柔弱的外婆，其实却比庄稼坚强得多，在太阳底倒下的庄稼是永远也起不来了，但外婆不，外婆一到太阳下山，夜露降临，就会醒来。

外婆在地里晕倒的次数实在多得连她自己都觉不好意思。开始，家人还当一回事，把她急忙忙背回去，又是灌水又是刮痧的。后来次数多了，外婆还要冒着烈日出去，家人就警告她，再要晕倒就没人管她了。

但外婆不听劝告，真的还出去，也就真的还晕倒。家人等到吃晚饭的时候还不见她回来，一狠心，就真的没管她了。

半夜，匍匐在野地的外婆徐徐舒展，一节一节地撑了起来。然后她踏着月光，挑着空桶，一晃一晃回到家。第二天一家人起来，就像忘了昨天的事，连外婆也像忘了。再以后，家人就真的习惯了她的发晕。

呀呀呀，三新子哎，你快去呀，你妈发晕了呢！

别管她，等太阳落山了她自己会醒。三新子刚从山上砍柴回来，这会儿正躺在大门口的竹椅上纳凉。他动都不动一下，只这么说。

秋天，别人家收绿豆的时候，外婆那块土地一样也有收获。然后每次煮绿豆粥的时候，外婆就一脸荣光，说：看看，不是我，你们能吃上这一顿吗？绿豆是个好东西，它消毒清火呢。

一家人大口大口吸溜着烫粥，没有人接外婆的话茬，外婆就越发得意的样子。

十几年过去了，岩窝里的那块地，外婆每年还在种着绿豆，没有人拗得过外婆。子辈孙辈们当然都知道这样下去，结局会是什么。但他们有什么办法呢？他们能准备的，也许只有眼睛里的一窝泪吧，到时，就用这窝泪浇浇外婆。

药方一

主治：铅中毒

方药：绿豆 120 克，甘草 15 克

用法：水煎分 2 次服，并加服维生素 C 300 毫克，每天 1 剂，连服 10~15 天

药方二

主治：小儿遍身火丹，赤肿

方药：绿豆、生大黄各 50 克

用法：共研细末，薄荷 10 克煎水去渣，加蜂蜜适量调涂

橘子（橘红）

药用：具有行气止痛、化痰止咳、健胃消食功能，主治咳嗽、胃脘痛。

倒着锄头，往橘树上一钩，大大的橘子掉下来，打得溪水四溅。溅得三舅一身的水，溅得三舅一脸的笑。三舅眼小齿白，笑起来特阳光。我至今记得外婆家甜甜的橘子，与橘子捆在一起的，是三舅阳光的笑容。

三舅只比我大两岁。可三舅一直把我当小孩，把自己当大人。我一直佩服三舅，直到现在也是。外婆家橘树上的橘子，在那些年岁，我与三舅摘得最多。外婆是个好客的人。每到秋天，凡去她家做客的人，临走时，都会带上一两个橘子回去。每当外婆叫着要客人拿橘子的时候，三舅必会唰的一声跑到客人前头，一溜烟进了菜园。从橘树上摘下两个橘子，塞入客人手中。这时候，客人们就会一个劲地夸三舅懂事。

橘树只有一棵，花落蒂结之后，橘树上的数目就基本固定了，多摘一只给别人，我们自己就少享用一只，那时我真觉得三舅一点也不懂事，连同外婆，也一样不懂事。我外公就是这么骂她的：现世啊？生怕别人不知道你有一棵橘树似的？！外公之所以骂外婆，是因为凡来找外公看病的人，外婆也有橘子赠送。我在心里想，外公骂得就是对啊。可惜外婆的豪情一点也没改过来，她真的对什么人都好，并且好得过分。

三舅的骨子里也遗传了外婆的豪情，他看着客人们接橘子时那份快乐，仿佛比自己吃橘子还甜。三舅笑起来是那么的心甘情愿，洁白的牙齿闪着光亮。我现在都记得很清楚。

别人菜园里的橘子，秋天时就摘下来收藏。而外婆家的橘子，直到冬天还让它们挂在树梢。冬天的橘子由青绿转为橙黄，一只只像隐在树梢上的灯笼，让风雨中路过的行人看着，突然就有了好心情。

如果这一年橘子结得多，而碰巧来外婆家的客人少，那么到过年时，我们还能吃上橘子。大年初二，我们一家人去外婆家拜年，外婆就拿树冠上最大的那个黄澄澄的橘子犒劳我们。还是三舅，一溜烟跑到菜园，我才跟上去，他就已经蹿上橘树，爬到高高的树冠，把那只灯笼似的大橘子摘下来。

吃完美味佳肴，打开清香四溢的橘子，一人一瓣，细腻地啃吃里面的橘瓤，就会觉得生活真美好。再看着一家十几人围在一桌，又会觉得很快乐、很温馨、很有力量。外公外婆这时看着我们这堆儿孙像橘瓣一样凑在他们身边，不吃任何东西，都会觉得饱饱的。他们坐在屋子角落，笑容满面，时不时地拿衣袖抹眼泪。这种泪就叫幸福的泪。

有一年夏天，有外地人来收青橘。外公把尚未成瓣的橘子摘下来，萝卜丝一样切得碎碎的，再晒一天。外地人用三毛钱一斤的价格把它买走了，说是拿来做橘糖。得来的钱开始说是给二舅做学费，但后来却都做了外公的酒钱。

才夏天，橘树上的橘子就一颗不剩了。这让那棵枝繁叶茂的橘树看起来很茫然，让我们仰看橘树的稚脸也很茫然。清贫的生活一下子就失去它的全部韵味，这时再怎么去寻乐子，都像没底色似的。没底色的快乐就如夜空里的烟花，无根无凭，消失得特快。

卖青橘是外公的意思。外婆那一年也蔫了许多。秋天客人来访，外婆顺口就要他们带两颗橘子回去，可话才说出来，又自我解嘲地说，没橘子了，橘子在夏天就被一个外地人收购走了。

过年时一家人围在一起，因为没有橘子吃，欢笑好像也没有往年多。

到了第二年夏天，外公再想卖青橘，外婆坚决不同意。我与三舅也不同意。我们大家都不同意。外公没法，只好让着我们了。

橘树是有寿命的。我不知橘树的寿命究竟有多长。总之，没等我们长大，橘树就老了。先是橘子一年比一年少，后来干脆就不开花结果了。再后来，枝头的叶子也逐年减少。终于有一年春天，它连发新芽长新叶的力气都没有了，它死了。

没等这棵橘树死掉，外婆又在菜园旁栽了另一种橘树。可等橘树开花结果的时候，我们却已经长大了，散走四方。

新橘树先是外公和外婆两人共守。年底的时候，他们常让人带给我们口信，要我们回去吃橘子。可年关的事情这么多，谁会为了吃上一瓣橘子而回到千里迢迢的瑶村呢？

如今外公去世了，橘树只有老外婆一人枯守。我不知道，枯守橘树的老外婆，是否还能记起我们当年的小模样？若是记得，她便是幸福的。若是记不得，我们这些做儿孙的，心里就会感到难过，并且有些微的疼痛穿过某根神经末梢。

老外婆有时也感冒咳嗽，但她并不通知远方的儿孙，而是自己寻一块陈年橘皮，熬一碗浓浓的药汤，喝完，和被睡下。

药方一

主治：产后乳胀，乳汁不通

方药：金橘叶 15 克，炒枳壳 10 克，青木香 5 克，通草 5 克

用法：水煎，一日 2 次分服

药方二

主治：伤食生冷瓜果，泄泻不止

方药：橘饼 1 个（将橘子加蜜，渍制成橘饼）

用法：切片，置有盖杯内，沸水冲泡，分次服之

马蓝（大青叶）

药用：具有清热解毒、凉血消肿功能，主治流行性感冒、急性传染性肝炎、急性肺炎、急性肠胃炎、流行性腮腺炎、丹毒、痢疾等症。

　　有露水的早晨，瑶村的孩子总特别开心。他们一大早起来，就放开脚丫，踢得露水儿珍珠般溅跳。一个人走过去，就把草丛上的露珠儿踢没了，然后就有一条暗绿的道在他脚下延伸。

　　孩子们是去找开花的马蓝。马蓝长在坳里，长在坡前，长在沟沟坎坎之中。马蓝开花的时候，又有露水，花蒂里就会藏有甜汁。孩子们找到马蓝花，轻轻地拔下来，啜在嘴里，吸一口，一滴清凉的甜汁，就从舌尖滑入喉咙。

　　再找一朵，吸一口，又一滴清凉的甜汁滑入喉咙。孩子们把甜汁吞下去后，就会在清寒的早晨里，张开嘴巴，面对蛋黄的太阳，哎一声。

　　那不是叹息，是一种幸福的感叹。

　　在初秋时分，还有什么比吮吸马蓝花蒂更甜蜜的事情呢？瑶村的孩子是想象不出的。如果硬要类比，就只能与瑶村四月时节的栀子花相比了。

　　四月，白色的栀子花开满山坡的时候，瑶村的孩子们每天早晨也是倾巢出动，去采撷栀子花，做菜肴。栀子花是一种小喇叭形状的花儿，花蒂里也藏有浓浓的甜汁。吸一口，也会又香又甜，沁人肺腑。可四月的时候，采撷栀子花是瑶村孩子们的工作，谁有那份闲工夫去吮吸栀子花蒂啊！只有把花采回家后，看着有些花蒂还与花柄沾在一起，这时再拔出来吮吸。但露水儿早受了惊吓，逃走了。这时吮吸的，更多的是一股香甜的气息，润入咽喉。

　　而在初秋，孩子们采撷马蓝花，则完全是自己的兴趣了。多采一些也罢，少采一些也罢，反正没任务，就全凭自己了。有些孩子喜欢滥饮，就多采一些啦。有些孩子沉迷细品，就少采一些。吮吸完后的花朵，也不丢掉，而是拿回来，像栀子花那般晒干，收藏。等来了客人，把栀子花用水泡开蒸肉，就是一道不可多得的美味。而在这之前，马蓝花早被泡在茶杯里，让客人当茶饮。

　　很远的客人，第一次来瑶村，受到瑶村人这般款待，一般会惊喜得赞不绝口。这时瑶村的大人和孩子们，就会站在一旁抿着嘴笑。这算什么呢？这不过是瑶村最平常的招待了。

　　现在我才知道，马蓝又叫南板蓝根，是一种治感冒的药。瑶村的大多数人至今仍不知道。但不知道有什么关系呢？就像鸟儿不知道"遮风蔽雨"这个词一样，可它们筑的小巢就都有遮风蔽雨的功能。是骨子里的一种本能，让瑶村人把马蓝花当作茶饮。

药方一

主治：预防流行性脑脊髓膜炎、乙型脑炎

方药：大青叶 15 克，黄豆 15 克

用法：水煎服，每日 1 剂，连服 7 天

药方二

主治：风热感冒、咽喉肿痛

方药：大青叶、贯众各 30 克，野菊花 9 克，桑叶 10 克

用法：水煎，分两次服，每日 1 剂，连服 3~5 天

三十六荡

药用：具有祛风除湿、散瘀止痛、止咳定喘、解蛇毒的功能，主治风湿筋骨痛、跌打肿痛、咳嗽、哮喘、毒蛇咬伤。

在《观音柴（七叶莲）》一文里，我似乎对外婆的药术没有传给母亲，颇有些怨词。这事细究起来，还不是外婆的责任，而得归咎于外公。受了外公的主使，外婆才没把药术传给母亲。

外公要外婆把药术传给谁呢？传给他自己。外婆听外公的，就真的毫无保留地把她的药术传给了他。

外公好酒。好酒贪杯的男人不是什么好男人。我外公真的算不上一个好男人。他喜欢揍我外婆。他一喝醉，有事没事就抓住我外婆一顿乱打。挨打的外婆，往往咒天咒地，拿家里的锅碗盆筷出气，把它们摔得乱七八糟，惨不忍睹。

一直到孙辈的我都长大懂事了，外公依然打外婆，外婆还是拿厨房用具出气。我记得外婆家的锅是豁口，碗是豁口，鼎是豁口，连灶也是豁口。豁口的灶台呼呼呼地往外直吐火舌。来外婆家做客的人，老犹疑地看着这些歪牙咧嘴的厨具，看得外婆一家人都不好意思，连同我也跟着不好意思。

我不知道起初外公向外婆学药术时打过她没有，死心眼的外婆当初怎么就不知留一手呢？

外公术成之后，外婆便成了外公的一个帮手。往往外人来求医，外公就吩咐外婆到野地采一些什么草药回家。等外婆把草药采回家，外公又吩咐外婆或洗净交与来人，或研碎敷于来人的患处。外婆总是喜眉悦目地做着这些，一副心满意足的样子。这种满足，让现在的我一点都想不通：头脑简单的外婆，有时真的具有圣人的品质，她帮助别人难道仅仅只是为了那份施与的快乐？她难道一点都不在乎外公把本来属于她的那份尊敬给剥夺了？

外公医人，不怎么收医药费。但村人并不会忘记他的恩惠，只要外公出门，十湾八冲转一圈，必会被灌得大醉而归。忘不了外公恩典的人，报不了涌泉，却能报以美酒。这正是外公一生的唯一所求。

醉后的外公回到家里，只要外婆稍微说他两句，他便会施以拳脚，把外婆打得鼻青脸肿。外婆对付不了外公，就把家里的锅碗重新摔一遍。还不敢重摔。重摔下的锅碗，必会四分五裂。而外婆摔的锅碗，豁而不裂。这是一种技巧，也是一种功夫，是外婆在长期的婚姻生活中苦练出来的。

一番摔骂之后，外婆出门了。

外婆出门是为寻三十六荡，那是种可治跌打损伤的藤类植物。外婆寻三十六荡不是为了医人，而是为了医己。

我苦命的外婆，她不知道，就在她找到三十六荡的时候，她已经非常精彩地完成了她人生众多怪圈的其中之一。这个怪圈以外婆替别人寻找草药开始，然后外公受人尊敬，在外面喝得烂醉如泥，回来把她恶揍一顿，最后以外婆替自己寻找草药结束。在整个四十六年的婚姻生活中，我不知道外婆究竟完成了多少个这样的怪圈，可惜外婆至今都没明白这其中的逻辑关系。猫咪教老虎武艺的时候，最终留了上树这一手。外婆教外公药术的时候，她什么都没留。

三十六荡是一种普通的藤类，却有一个不普通的名字，还结着一些不普通的籽。我以为用此藤作为外婆一生宿命的象征，那是再恰当不过了。三十六，表示很多；荡，表示命运乖张多蹇。这味草药奇怪的名字，仿佛是专为外婆所设。

三十六荡还结着类似蒲公英的果实，每一粒籽上都长着白色的绒毛。来风时，就可飘飞远方。但三十六荡的绒毛没有蒲公英轻灵，它飞不远。外婆年轻时，因为受不了外公的折磨，疯疯颠颠，也想逃向远方。但每次都被外公逮回来了。外婆牵牵绊绊的羽翼，也如三十六荡一样，飞不远的。

一直以来，外婆都是瘦骨伶仃的。几乎所有的人都认为瘦骨嶙峋的外婆会死在虎背熊腰的外公前头，只有上苍不这么认为。好吃懒做的外公在六十五岁时，突然死于食道癌。

而外婆，越老却越活得精彩。吃了二十年素的外婆，在她七十三岁的时候突然开荤了。医生说：再不开荤，她就会因营养枯竭而死。但我更愿意相信，是冥冥之中的上苍让她开荤的。

我们都希望外婆能多活一些年岁。

经过了人生三十六"荡"后的外婆终于平坦下来了，就像历经了九九八十一难的唐僧，会成佛一样。

木芙蓉

药用：具有凉血、消肿解毒、止痛功能，主治目赤肿痛、跌打损伤、烧烫伤、痈疽。

瑶村没有牡丹，但并不觉遗憾，木芙蓉就挺像牡丹的。红艳艳的木芙蓉在初秋的阳光中开得非常饱满。摘一朵捧在胸前，仿佛整个世界都在开花。

瑶村人喜欢木芙蓉，很多院墙上都栽满了木芙蓉。学校边的院墙上也栽满了木芙蓉。那是宗柏家的。宗柏家把整个院墙都栽满了木芙蓉，初秋的时候，木芙蓉就开成了一个花环，戴在宗柏家的菜园上。蔬菜这时长得特别茂盛，郁郁青青的一园，都有些妖娆的样子。

这个时候，蝶也来了，蜂也来了，孩子们也来了，把宗柏家的菜园弄得热闹非凡。这时的宗柏呢，一脸的荣光，成了最受孩子们欢迎的人。宗柏的母亲，也许就为这个，才在自家的院墙上栽满木芙蓉吧？

整个秋天，宗柏喜欢谁，就采花送给谁。宗柏喜欢谁，就让谁去采花。反正院墙上的花没其他用途，不采也会干枯的。孩子们玩腻了，不再去采花了，反而让宗柏着急。他对孩子们说：走，去采花吧。我随你们采，任何人都可以采。

可孩子们哪会天天喜欢做同一件事情呢？再美的木芙蓉，也有被他们遗忘的时候。随之被遗忘的，还有宗柏。宗柏人长得高高大大，模样却歪歪裂裂的，书又读得不好，留了好几级。孩子们都不喜欢与他一起玩。

那年岁，学校的老师都喜欢表扬学生。但表扬学生并没有物质奖励，只发给被表扬的学生一朵纸扎的红花。到了秋天，老师们懒得扎红花，每个星期六上午，就对宗柏说：宗柏，帮我去采几朵芙蓉花来。

宗柏一脸光荣地跑出去，不一会儿就旋风般地跑进来。气喘吁吁地，把一束红艳艳的木芙蓉放在讲台上，然后昂首挺胸地回到自己的座位。

老师把一朵朵木芙蓉送给每一个被表扬的学生。有遵守纪律的，有热爱劳动的，有学习进步的，有考试高分的，有勤于回答老师提问的……总之，每次都有好多孩子得到花朵。

等到小学要毕业的时候，几乎所有的孩子都得过老师的木芙蓉，可宗柏居然没有。宗柏一点都不在乎。他想，老师的木芙蓉都是他送的，又何必在乎老师是否会把木芙蓉送给他呢？

宗柏不在乎，可宗柏他娘却在乎。她跑到老师那儿诉苦，她说：老师，我家宗柏无论怎么表现不好，可念在他每年为你采木芙蓉的份上，也该奖给他一朵花吧。

老师笑道：你放心吧。

老师没让宗柏的娘失望，在宗柏和孩子们小学毕业那天，老师一共扎了九朵红花，孩子们以为他会送给九个人。但没有，她把九朵红花全送给了宗柏，说要感谢宗柏几年来为班上优秀的同学提供了最美丽的木芙蓉。宗柏捧着红花，傻呵呵地笑。而站在一旁的宗柏娘却使劲地抹眼泪。

都说傻人有傻福。这么多年来，宗柏一直没有走出过瑶村。他不会读书，可他是个种植庄稼的好手。庄稼种得比所有人的都好。长大后的宗柏还娶了一个外地聋哑女子。这个聋哑女子长着一双秀眼。每年秋天的时候，宗柏都要采很多木芙蓉送给她。那时，瑶村人都能看见，聋哑女人脸上幸福的红晕。这种红晕让瑶村那些丈夫远走他乡的媳妇好不嫉妒。

药方一

主治：小儿高热

方药：鲜芙蓉叶适量，鸭蛋2个

用法：将鲜叶洗净，捣烂，加入鸭蛋清，调匀，煎成饼状，外敷肚脐

药方二

主治：乳腺炎

方药：鲜芙蓉花（或叶）适量，鲜紫花地丁适量，酒糟少许

用法：将鲜药洗净，加酒糟捣烂，加热，于晚间敷患处。要让乳头暴露，以利乳汁通畅排出。白天不宜敷药，可用木梳加热，顺乳腺方向梳之，以促进乳汁流出

柑子（陈皮）

药用：具有理气健胃、燥湿化痰功能，主治胃腹胀满、呕吐呃逆、咳嗽痰多等症。

嘿嘿，柑子二字一入我眼帘，我就忍不住抿着嘴笑。小时候在瑶村，为柑子的事，我们差一点闹得沸反盈天。我在成长系列小说《偷窃是一件幸福的事情》里面，描写的就是童年生活的点点滴滴。

……瑶村小学的校长容不得偷窃现象发生。凡发现谁去偷窃了，必会罚写作业，写检讨，还要在上课时，把他拎到教室前头示众。但孩子们并不怕他，写作业就写作业，写检讨就写检讨。如果不幸被拎到教室前头罚站了，先是敛着脑袋一脸通红地接受校长的训导，可等校长正式上课转身去黑板写字了，这个罚站的家伙，就会冲着下面坐着的同学摇头晃脑，挤眉弄眼，或者冲着校长的背影指指点点，拳打脚踢，惹得一教室人爆笑不已。等校长一转身，这家伙又规规矩矩地缩着脖子站得纹丝不动。校长知道他在捣鬼，大发脾气了，但后果也并不严重，无非是用教鞭没头没脑地打一顿。瑶村的孩子，天生就"贱"，见校长把教鞭舞得张牙舞爪，忙用双手护住头部，身子像条热锅里的泥鳅那样跳来跳去，嘴里则嗷嗷乱叫。最后，校长把细细的一根教鞭打断，便莫可奈何了。明天还得央孩子们去山中给他觅一根新教鞭。

校长是瑶村小学唯一一个吃国家粮的老师。他从师范毕业分配到这个偏僻的山村，年纪轻轻就做了校长。其他几个老师，都是本地的。校长在教师大会上，反复强调偷窃不是一件闹着玩儿的事，要狠刹这股歪风。几个本地的民办老师，嘴里虽然附和他，但心里并不这么想，反而怪他责罚孩子们的手段太狠了。有一天放学，三青跟在两个老师身后回家，就亲耳听见他们谈论校长责罚学生的事，他们认为校长是咸吃萝卜淡操心，等孩子们长大了，自然会知道什么事该做，什么事不该做。

三青也经常被罚。罚就罚吧，三青一样不在乎。被校长拎到黑板前罚站，三青总是笑眯眯的；等校长要他滚下去的时候，三青同样是笑眯眯的。三青不冲下面的同学挤眉弄眼，也不冲校长的背影拳打脚踢，三青不想惹校长大发脾气，所以校长的教鞭在三青身上也招呼得少。那教鞭虽然打不死人，但抽在身上还是火辣辣的，痛得要命。三青可不想挨这么一顿笋子炒肉。

是在小学六年级，三青他们要毕业的时候，校长闹出了一件比较大的事情。

为了能够有一个较高的升学率，那年秋天，校长规定小学六年级的同学要集中在学校夜读，晚上就住在学校。学校里的一间空教室就做孩子们的寝室，四根树杆一横，一溜儿两排床铺。晚上六点半开始自习，九点钟睡觉。三青从来都不知道，大伙儿睡在一起居然这么好玩，往往不闹到十一二点钟，是不会睡的。

　　我在一篇文章里曾经说过，三青的母亲也是个民办教师，三青本来可以睡母亲房间，但三青总要想方设法说服母亲，让他跟大伙儿一起睡。

　　三青人不高，力不大，却是孩子王。这一方面与他的成绩优秀有关，更重要的是，沾了母亲是教师的光，同学们都让他三分。现在这个孩子王常常在晚上睡觉前，要组织他的喽啰们干一些事情。要干事的晚上，他们先是一个个钻在被窝里，一声不吭，乖乖巧巧地装睡。等值勤的老师骂着"这班兔崽子，今晚怎么这么老实"的话回房去后，他们就悄悄地起来，行动了。那种鬼神莫测的架势，倒是像极了《地雷战》《地道战》里面那些打鬼子的战士。不过他们才不是去打鬼子呢，二十世纪八十年代的中国也没有鬼子供他们打，那些瓜果就是他们的"鬼子"。

　　寝室里有一根窗杆是松动的，只要握着杆子用力一举就可以把它摘下来。摘下窗杆后，学校紧闭的大门，就根本无法约束三青他们。大伙儿一个个钻窗出进，方便得要命。那年秋天，三青他们把偷窃重点放在了邻村的一个柑子园。跟本地柑不同，那柑子是无核蜜柑，甜得腻人。吃一瓣，就恨不得能把整个柑子园都吃掉才好。三青他们自第一回偷窃成功后，每晚都要跑五六里山路，再去光顾。到出事的那个晚上，已是第六回了。可柑子园的蜜柑并不像瑶村菜园里的瓜果，是专门为孩子们偷窃而栽种的。柑子园是邻村一个专业户的，专业户想靠他的柑园成为一个万元户。现在柑子被人偷了，他能不急吗？那天晚上，他就埋伏在柑园里，等三青他们踏进柑园，他一声爆吼，跳将出来，见着黑影就扑。但三青他们已在这条道上混了好几年，岂可等闲视之？一愣之下，慌忙外撤。逃跑时还不忘一手摘一只蜜柑。

　　残月星光之下，山路上前面一伙人悄无声息地去逃，后面一个人鬼喊鬼叫地去追，倒是颇有萧何月下追韩信的意境。三青他们完全没料到那个人会这样锲而不舍，五六里的山路，他寻影而来，一点半途而返的意思都没有；而等三青他们从窗子里隐入学校时，他居然把学校深更半夜的大门砸得轰雷。

校长的动怒是显而易见的。校长的动怒先是针对冒犯者。说自己的学生好好的都在睡觉，不可能会跑到五六里外的地方做贼。为了证明他所言不虚，他还带着冒犯者来到了三青他们的寝室。呵呵，孩子们真的睡得那个香呀，有的还把牙磨得咯吱咯吱地响呢。冒犯者狐疑地走来走去，突然抓起一床被子猛地一掀，天啊，两颗金黄的柑子像两粒眼睛滚露出来。再掀，又是两颗，还掀，居然三颗！

很多年过去了，这事让三青现在回忆起来，仍是好不懊恼，那晚如果不把柑子带进寝室，而是随便扔到校外路旁一个草丛里，那么事情也不会出现后来的结局。

哼哼，你看看，你看看！来人一边掀被子，一边这么对校长说。这哪是什么学校，简直就是一个贼窝！要你来当什么鸟校长，你这样的人当个贼大王最适合了！

像春天里的草芽不得不"欣欣然张开两眼"的三青他们，搞不懂来人为什么不冲着他们发飙，而要冲着他们的校长骂？年轻的校长被他骂得满脸紫红。最后他终于山洪暴发般地吼一声：你先出去！明天我会给你一个满意答复！说罢他噔噔噔地跑到自己的房间，又噔噔噔地跑回来，把几张十元的钞票摔给来人，说：这是我一个月的工资，你先拿着，其他的再说！说实话，那时校长一个月的工资，随便买两担柑子还有余，三青他们虽然来来回回地跑了几趟，可无非是裤袋里塞两个，衣袋里塞两个，手中握两个，能偷得了他多少柑子啊？来人见了钞票，气一下子消了不少，捡起地上的钞票，骂骂咧咧地走了。

现在，校长的动怒，开始针对三青他们了。当然，在校长向三青他们发飙之前，三青的母亲已独自把三青叫到自己房间里教训去了。后来三青才知道，母亲与其说是单独教训他，不如说是去"搭救"他，相对母亲温婉柔和的教训方式来说，校长的发飙简直是骇人的。那阵子学生们刚给学校准备了一捆不长不短、不大不小的新教鞭，就放在校长房里。校长让一伙人先从床上起来，排起队，像俘虏一样，跟在他身后，来到他房前的廊檐下，一个个面对墙壁跪下。然后抽出那一根根新教鞭，一边吼，一边没头没脑地抽打。谁叫得凶校长就打得凶，谁闷声不叫校长也打得凶，谁小声吭吭校长一样打得凶，总之校长对每个人都凶。当打断四根教鞭的时候，校长的手还没发酸，喉咙却突然哑了，居然骂不出声音了。校长一摔教鞭，转身进屋，反手关门，扔下廊檐下一伙人不管了。一伙人知道这次祸闯大了，校长进了屋，他们也不敢随便走动，而是乖乖地在廊下跪着，甚至都不敢互相吭一声。

我早说过，瑶村的孩子生得"贱"，如那些饱满的黄豆，随便往那里扔几颗，就会茁壮地长一窝。可细妹子生得贵气。细妹子不是个女孩，却取了个女孩的乳名。细妹子他娘一连生了三个女儿，才生了个带把的，就是细妹子。细妹子从小就娇弱，他娘怕老天爷妒忌她生了个儿子，就给细妹子取了个女孩子的乳名，想瞒过老天爷。细妹子在家里是好吃的先吃，好穿的先穿。他爹娘从来就没打过他一次。这回可惨啦，校长招呼在别人身上的鞭子有多少，细妹子身上的鞭子就有多少，校长一鞭都没有替他省。

校长进屋没多久，细妹子突然脖子一软，歪倒在地，孩子们顿时喊将起来。所有的老师都慌了神，校长更是没了主张。好在村里的赤脚医生住得离学校不远。他一来，又是给细妹子摸胸口，又是给细妹子掐人中，还吩咐大家给细妹子灌姜汤，娇弱的细妹子才悠悠醒来。赤脚医生宣布说，细妹子不是给校长打晕的，而是被今晚前前后后的事吓晕的。可细妹子一家人都不这么想，他们认定校长差一点把细妹子打死了。一家人在学校整整闹了三天。年轻的校长被他们一家人闹得满脸泪流，不等这一学期结束，就被学区调离了，调到比瑶村更僻远的山区去当一名普通老师。

说实话，校长凶是凶，但教学质量却是一等一的好，校长走后，瑶村有很多家长和学生都挺怀念他的。三青他们突然觉得，失去了校长的打骂，做贼的趣味也仿佛一下子减少了。大家就纷纷责怪细妹子的胆子也真是太小了。以后再去偷瓜摘果，就把细妹子撇在一边……

现在想起这些事情，真是有说不出的怅然和温馨在胸。突然就记起课文《小桔灯》来，我想写这文章的时候，冰心的怅然和温馨应该与我是相同的。可在流逝的时间中，人世间的事情怎会一成不变呢？

校长，瑶村当年那个年轻的校长，应该也有些老态了吧。这时的我多想告诉他，我们都长大了，从懵懂无知的小伢，长成了一个个知书理、懂廉耻的大人。

银　杏

药用：银杏果具有抗结核、抗真菌、抑制癌细胞扩散的作用。银杏叶可用于治疗冠心病、心绞痛、心脑血管类疾病。银杏果、叶还具有美容功效。银杏的根、皮也可入药，用于治疗白带异常、遗精等疾病及某些牲畜疾病。

这植物，一说出它的名字，大家就都知道了。因为它实在太惹眼。

这种惹眼，主要是因为它的古老。据科学家考察，银杏是第四世纪冰川运动所遗留下来的最古老的裸子植物，有"植物界的大熊猫"之称。所以很多宣传书册上，都有它伟岸的身躯。

银杏的果子也叫白果，在瑶村，除了我外婆的爷爷及少数几个村民知道银杏的药用价值外，其他人大概就只知道它的食用价值了。"走，捡白果去。"到了秋天，常听到瑶村的一个人对另一个人这么说。

走，捡白果去。好些村人一大早走进深山，到黑夜来临时才回家，他们肩上背的就是一大包白果。孩子们用石头将白果砸开。取出果仁，无所谓地嚼着，暗处中的很多疾病，便悄悄地绕道而行。

　　可外婆的爷爷知道怎么拿银杏的叶、皮、果、根对症下药。外婆的爷爷有很多古药书。也有明朝李时珍著写的《本草纲目》，李时珍在他的书里就这么描写过银杏："人肺经、益脾气、定喘咳、缩小便。"老爷爷看得懂古书，他曾经在瑶村附近移植了一大群银杏树，以作药用。可惜到他死后，这些树没人管理，全都莫名其妙地死掉了。这真是让人想不通的事情，不是说银杏树的寿命最长，千年万年都不会死吗？可瑶村的银杏树，怎么主人死了，它们也就跟着死了呢？村里很多人怀疑是老爷爷小气，在他临死之前，用毒水浇灌银杏，让树在他死后不久也跟着死了。我外婆则说是村人诬蔑老爷爷。她向我解释说，最后一棵银杏树死时，已经是二十世纪六十年代初那场百年未遇的干旱了。而那时，老爷爷已死去多年。如果真是老爷爷下的毒药，药性不可能推迟到这么多年后才发作吧。

　　除了银杏的死因颇为蹊跷外，还有老爷爷的大量古医书也丢失得无影无踪。老爷爷有三个儿子。其中一个儿子死在他的前头，也就是外婆的爸爸。在外婆不到两岁之时，外婆的老爸就得急病死了。这是一件让老爷爷抱恨终生的事情。他卓越的医术，名动三府四县，经过他的手起死回生的人，不计其数。可自己的第二个儿子，居然不明不白地病死在他眼前，这怎不令他痛心疾首呢？可能就这个原因，才让老爷爷对外婆青眼有加，传给了她一些药术皮毛，从而也暗塑了外婆无法更改的命运。

　　老爷爷死时，外婆刚刚出嫁。虽然是从耙冲嫁到平塘湾，才两三里路。但等外婆从平塘湾跑到耙冲去参加老爷爷的追悼会时，就发现老爷爷所有的古医书都不见踪影了。我外公认定是老爷爷其他两个儿子瓜分了，他怂恿外婆去要一些回来。但外婆一个嫁出去的孙女，又怎么好意思开口呢？

　　按说，得了这么多医药书，外婆的堂兄堂弟们总会出一两个药术高手。可事实上并非如此，他们全都是草药盲。连最简单的草药也不认识。他们的儿女生了病，反而要外婆回娘家去给看看。倒是邻冲一户匡姓人家，突然冒出了个草药高手。这个草药高手从不给本村人看病，来求医的都是外村的，让外婆娘家一族人侧目了好长一段时间。

外婆老年的时候，喜欢给我们儿孙辈讲一些久远的事情。这时候我们才知道，她的家族原来一直盛产传说。这些传说居然能与几千年前的炎帝神农氏挂上钩。

神农氏烧泥作陶，始作耒耜，教民农耕，织麻为布等这些业绩，我们也许都听说过。但神农氏尝遍百草，发明医药，这就不是很多人知道的了。而神农遍尝百草之地居然就在故乡安仁县，就更加鲜为人知了。但我外婆言之凿凿，让我等后辈不由不信。

长大后，走遍安仁的山山水水，我发现到处都有神农的传说。在故乡安仁县神农不叫神农，而叫药王。而且安仁境内有很多地名与药王有关。神农就是炎帝。安仁县隔壁的炎陵县据说就是埋葬神农氏的地方。如果这是真的，那么故乡安仁县的很多传说，可信度就极高。三十岁的时候，我曾去过炎陵县访游，我有意到炎陵县乡下收集有关神农的传说，但发现远远没有故乡安仁县那么宠杂繁多，并且生动。甚至连炎陵县也有这样的传说，说神农氏尝草安仁，葬于炎陵。而这个传说，在安仁就翔实得多。好像几千年前的旧事就发生在昨天一样。

唉，天地间如果真有神农存在，那么神农未必就不能立于故乡安仁这块贫瘠的土地。按《史记》的记载，神农的确到过南方，并且在南方建功立业。也许真的就在安仁也不一定呢。不知为什么，对所有传说中的东西，我都是宁信其无，不信其有。但关于故乡安仁县神农的传说，我却半信半疑了。

更让人惊奇的是，我外婆的家族居然也能跟这个古老的祖先扯上些关联来。按我外婆的说法，她爷爷是神农氏的第两百代传人。呵呵，这个两百，应该是泛指吧？要不然，我外婆头脑中的历史可就比任何一部历史书都要精准了。外婆说神农死后，他手下的八个随从便扎根安仁、炎陵等地，成为神农的第一代传人。到安仁盛传的草药名医奇峰和尚，那已是唐朝，属神农的第一百五十代传人。也就是这代传人，一直长驻安仁，直到如今。

而我外婆的爷爷的爷爷的爷爷就是奇峰和尚的徒弟的徒弟的徒弟……总之，到外婆的爷爷这代，正好是第两百代。

我取笑外婆说：如果按你的说法，那么你就算神农爷的第二百零一代传人了。老态龙钟的外婆这时居然一脸的不好意思，她说：我算什么，我算什么，我只懂点皮毛而已。

我肯定地说：外婆，你就是神农的第二百零一代传人，这是千真万确的，我要写进书里，让后来的人们都知道。

外婆大喜，天真地问：真的吗？

呵，就算是真的罢。今天我真的这么写了。写完之后我得告诉外婆，让她老人家高兴高兴。只要她自己相信，她便是神农的传人。其他人信不信，又有什么关系呢？反正历史那一湖波光潋影，从来就没有真实过。

药方一

主治：梦遗

方药：白果 3 粒

用法：米酒煮熟食之，每日 1 次，连服 5 天

药方二

主治：冠心病、心绞痛

方药：白果叶 10 克，瓜蒌 15 克，葛根 15 克

用法：水煎服，每日 1 剂

三叶藤（鸡血藤）

药用：具有补血行血、通经活络功能，主治贫血、月经不调、闭经、风湿痹痛、腰膝酸痛、四肢麻木、放射性反应引起的白细胞减少症。

瑶村人叫它三叶藤，是因为它一枝叶柄上长了三片椭圆形小叶。两片横生，一片竖生，像二郎神的三只眼。

将藤横砍下来，它的肌理是血红血红的。我想，这便是它学名的来由了。

三叶藤的药用，瑶村人是知道一些的。至少我家是知道一些的。每年总有那么一次两次，母亲会把一根干枯的三叶藤拿出来，剁成一小片一小片，与几个鸡蛋一起，放进药罐里煎熬。待水熬到恰到好处时，母亲就每人分一小碗，让我们趁热喝下。苦汁难咽，鸡蛋是作为奖励的。我与小妹有心不喝，但奈何鸡蛋诱惑，不得不皱着眉头将药汤一口气喝下。而事实上呢，那鸡蛋与藤片混合一煮，也带着很浓的药味，并不好吃。用它作奖励，实在是没有奖励之实。但每年我们都要上当，总以为鸡蛋应该是鸡蛋的味道。

外婆老感觉自己风湿痹痛、四肢麻木，所以老拿三叶藤熬汤喝。三十岁后的母亲偶尔也感觉风湿痹痛、四肢麻木，便也拿三叶藤熬汤喝。现在，过了三十岁的我，也出现了四肢麻木之症，这也许是一种家族病吧。可她们能够随便找到三叶藤，我却不能。三叶藤长在瑶村的深山老林里，而我居住在很远的城市。若是去药铺买，应该是有的，可我总觉得划不来。在瑶村，所有草药都是不要钱的，可来到城里，什么草药都要花钱。我就是想不通这个理。也许理能想通，可就是不想付诸行动。要花钱，那就算了吧，反正没有一种草药汤好喝。

如果说植物也有主业和副业之分，那么瑶村的三叶藤的药用功能只是副业而已，而三叶藤在瑶村的主业则是做牛枷做犁藤。三叶藤长得粗壮威猛，形如蟒蛇，手腕粗的，又正好有适度的弯曲，就砍来做牛枷，大拇指粗的就砍来做犁藤。

三叶藤韧性强，柔性好，做出来的犁藤，可以套着老牛，犁几年田都不会坏。瑶村几乎所有人家的牛枷和犁藤都是拿三叶藤做的。其实不但是瑶村，瑶村周围的村庄也是拿三叶藤做牛枷和犁藤。可有些村庄离深山太远啦，便只有向瑶村人买牛枷和犁藤了。

我父亲便是做牛枷做犁藤的好手。

做牛枷靠的是眼力。一般来说，呈四十五度弯角的牛枷最好。但又不是直弯，两个弯角先向外，后向内，呈一定程度的弧形。父亲非常清楚牛脖脊的生理结构，也懂得犁田耙田时的力学原理。所以他的牛枷总是做得最好。他细心打磨牛枷套戴的地方，一直打磨得光滑锃亮，他心疼那些牲畜。就算不是自己的牲畜，他也不想因牛枷的原因而让牛脖子受伤。粗陋的牛枷可容易使牛脖子受伤啦。牛拉着整个犁铧，似有千斤之重。而作用点只有牛枷和脖子极小的一部分。那部分最容易磨破了。父亲一直希望，他做出来的牛枷，让牛套着它犁一辈子田也不受伤。父亲没有远大的志向，他就这点志向。

而做犁藤则要手劲。刚砍下来的三叶藤叫生藤，把生藤扭一遍，扭成一股股，像油条一样，就叫熟藤。熟藤比生藤好。即便干了也非常柔韧，不易折断。父亲的手劲贼大贼大的。他扭三叶藤的架势还真有点像母亲扭油条，或小妹梳麻花辫。看起来是那么的轻而易举，并且驾轻就熟。

少年时，我老想学他，可哪行啊，那些藤力道贼大，要想把它扭弯，非得付出九牛二虎之力不可。可我即使付出九牛二虎之力了，也是白搭。因为我付出的，是九小牛二小虎之力，根本行不通。结果把自己憋得一脸通红。

村里很多男人像我一样，都没有九牛二虎之力，所以做出来的犁藤半生不熟，粗糙得很。拿到集市，谁优谁劣，有经验的老农一看便知。因此，我父亲的牛枷犁藤当然最好卖啦。

不贵。一元钱一个牛枷，一元钱一副犁藤。可用上几个春秋。

现在想来，拿三叶藤做牛枷犁藤，也许也有药理的原因。三叶藤有补血行血、通经活络的功能，勒进牛脖子里，虽然是一种痛楚，但也不至于全无好处，难怪磨破了的牛脖子会好得这么快。

事实上，瑶村深山里的老藤可多呢，柔韧性强的老藤也多着呢，不一定非得要拿三叶藤做牛枷犁藤啊！瑶村的祖先之所以要拿三叶藤做牛枷犁藤，一定也看中了三叶藤的药用价值。

当然，这也许也是上苍的旨意。上苍叹一声说：太辛苦了，那些牲畜。就让农人拿三叶藤做牛枷犁藤吧。让它们折磨牲畜的同时，也替牲畜疗伤。

写这组文章的时候，我一直感觉仁慈的上苍无处不在。三叶藤或许就是上苍特意为那些牲畜们创造出来的。瑶村人领会了上苍的旨意，他们全拿三叶藤做牛枷犁藤。

不但如此，他们还借用三叶藤疗自己的伤和病。

指甲花（凤仙透骨草）

药用：具有活血通经、祛风、止痛功能，主治跌打损伤、风湿性关节炎、灰指甲。

这种花，瑶村好像没有，至少我是没看见过。

这种花，瑶村的邻村有。也不是野生的，而是杨霞种的。我说的杨霞，就是指《牵牛花》那篇文章中的女孩。她真名并不叫杨霞，杨霞只是她在我小说里的代称而已。

开始我并不认识这种花。我去她家做客，她把我带到窗前的小花圃前，告诉我好些花的名字，其中一种就是指甲花。

指甲花长得并不像指甲，而像一小只蝴蝶憩在枝叶旁。这蝴蝶也不是中规中矩的那种，像刚经历了一场风雨，翅膀有些零乱。花是粉红色或粉紫色，杂些橙色，都是些暖色调，所以花形尽管像一只受风欺雨淋的蝴蝶，但由于花色的关系，并不让人觉得悲凄，反而让观者的心灵有一种小氛围的温暖。

于我而言，内心还有一种小范围的感动。为什么？因为这花是杨霞种的，现在又是由杨霞介绍我认识的，怎不让我感动呢？

我问杨霞，怎么就叫指甲花了？

杨霞笑吟吟地伸出她的一只玉手，摊在我的面前，我发现她的指甲涂了一层紫色的涂料。她问：漂亮吧？

我实在看不出有什么漂亮，也许不涂这颜料，杨霞的指甲更漂亮。现在看起来只是觉得怪异。可我还是顺着她的意思说了：挺漂亮的。

杨霞说：就是这花的汁水染的，你要不要染？说罢摘几朵指甲花过来，要帮我搽上。我跳开一步，把手藏在身后，说：我才不染呢。

吓，你不染，说明你刚才夸我漂亮是假的。

哪有男孩子染这个的？

你在哪里看见女孩子染这个的？我还不是一样染了嘛！

杨霞说的是事实，在那个时代的闭塞山村，我们的确不知道染甲是一种美的需要。杨霞把花汁涂在指甲上，或许是因为这花名的缘故吧？又或许是杨霞的母亲小时候曾经用这花染过指甲？总之，杨霞等不及在书上读到有关染甲的文章，内心里就先有了染甲的冲动，并把冲动变成事实。现在想来，她内心的驱动力真的非常强大。她应该是一个非常有成就的人，而不该像如今这样，同一个普通妇人没有区别。

杨霞带着指甲染过花汁的一双手去上学。班里的女生都握着她的手看，既是惊讶，又是羡慕。杨霞就摘一小袋指甲花分给班上所有的女生。片刻之间，所有女生的指甲便全变成紫红色了。她们围成一堆，突然把双手齐齐地往外一举，把班里的男生吓一跳。变了颜色的指甲，让手指都浸染了怪异而梦幻的感觉。而这么多梦幻之手举在一起，就像一丛梦幻的火焰。难怪男生们要为之惊呼。而她们呢，达到效果后，一声脆笑，散开了。

上课了，捉笔的紫指甲，让老师瞪着眼睛，惊疑不已，一教室就有咻咻的碎笑声。

花汁涂在指甲上，漂不漂亮，真的说不准。但有一点可以肯定，别人会因注意你的指甲而注意到你，特别是异性。

杨霞给我指甲花我不要。可趁没人的时候，我却跑到杨霞的小花圃里偷偷地摘了几朵指甲花。我原本是想把指甲花送给妹妹。可没等到家，我就把指甲花揉出汁来涂在自己指甲上了。我左看右看，怎么看，都看不出它的美来。就跑到溪边，要洗掉它。谁知竟然洗不掉。害得我把左手握着拳头，拢在袖里，几天不让人看见。

现在我才知有美甲之说。街上好多女人把指甲涂得五颜六色。我与她们的生活隔得很远，不知道她们在美甲的时候是不是既快乐又兴奋。我太老了，已经没有心情去注意她们的心情了。

现在我还知道指甲花可治疗灰指甲。我的指甲一直是灰色的，我曾经与可治灰指甲的花儿有过很长一段时间的接触，但我最终错过了它。

木通（关木通）

药用：具有清心火、利尿、通乳功能，主治口舌生疮、膀胱炎、尿路感染、水肿。

木通是藤类植物，心形大叶，绿得纯正。

木通是一种药，瑶村人都知道。木通具有利尿通乳功能，可治膀胱炎、尿路感染等疾病，瑶村人也知道。

三青的嫂子要生娃了，三青他娘要三青的哥哥去山里找木通，要三青去找月份藤，三青他爹则喜气洋洋地蹲在溪边磨刀，瑶村跟他年纪差不多的人就笑他：茂才啊，你疼媳妇胜过疼婆娘啊。三青他爹红着脸骂：你娘的屁话，我这不是为孙子嘛。

正说着话，三青的嫂子一阵喊爹哭娘，还真给他生了一个孙子。

三青他爹笑得一整天嘴巴都没合拢，一脸皱纹作菊花绽放。他磨好刀，往地上撒一把米，鸡们哄的一声跑来了，三青他爹突然向前一扑，捉住那只芦花大公鸡，一刀下去，鲜血奔流。三青的娘早把水烧开了，把公鸡在烫水里汆一下，三青他爹三下五除二，就把花俏的大公鸡剥得光秃秃的。拔了毛的公鸡不神气，不好看，但肉肉的感觉让人直吞口水。包括三青在内的小孩子们都围着看，眼珠子都要看掉了。三青他爹说：看什么看什么，这鸡是给你们嫂子吃的，其他谁都没份！

唉，早就知道没份了，可没份看看也不犯法吧？我们就围着继续看。三青他爹把肉鸡提到溪边，开膛破肚，一气呵成。

开了膛的肉鸡最后交到三青他娘手中，我们一齐拥到三青家的厨房，看着三青他娘把肉鸡、黑豆、木通藤、月份藤放在盛满清水的锅里，然后架起柴棍烧起来。

一个小时后，揭开锅盖，浓浓的气体夹着药香鸡香充塞了三青家的整个厨房，我们大口大口地吸着香气。然后在三青他爹的骂骂咧咧声中，慢腾腾地退到大门之外。

看扎着红头巾的大嫂被接生婆扶起，由三青他娘一点一点喂药汤，也小口小口喂鸡肉。

一只这么大的鸡，三青的嫂子哪吃得完啊？吃不完的一定被三青的哥哥半夜偷吃了？那时候，我真的好想早一点娶一个婆娘，生一个崽，然后吃婆娘剩下的香喷喷的鸡汤鸡肉。感觉那滋味一定好得没边。

直到第三天，我还忍不住要问三青：是不是也偷吃了一些鸡肉？三青火冒三丈地对我说：我崽吃了，我崽吃了！我还没靠边，就被我娘掴了一巴掌。

三青的大嫂生娃的那阵子，三青他娘与她的关系好得让村里其他婆媳嫉妒，可惜好景不长。没三年，两人就闹崩了。

三青的大嫂上过一次吊，在她家的楼上。被三青他爹发现早，救下来了。

三青他娘喝过一次农药，被三青他爹发现早，也救下来了。但救是救下来了，眼睛却被农药给弄瞎了。真不知这农药是怎么搞的，喝在肚子里，肚子没烧坏，却把眼睛弄瞎了。

三青他娘知道自己眼睛瞎后，不哭，还笑。她喊着叫着，说瞎得好，瞎得好，谁让自己有眼无珠，生了个白眼狼呢。早知这样，应该在二十年之前，就倒着屁股把人屙到粪坑里。

显然是在骂三青他哥。

我们就搞不懂了，明明是她与三青的大嫂吵架闹矛盾，怎么就骂到三青他哥的头上了？

鸡冠花

在瑶村，鸡冠花也不是野生的，而是自家种的。朱子垄上那三块菜地，就都种有鸡冠花。

鸡冠花不同于别的花，别的花无论开得怎么妖娆艳丽，但总不会处在主心的地位。那些植物们把主心的地位留给芽儿，让芽儿一个劲地攀缘，一个劲地朝天生长。而花呢，就开在枝叶旁，往往是一个陪衬。打个比喻说，如果把芽儿比作男孩，把花儿比作女孩，这些植物倒很能反映出瑶村人重男轻女的风俗。

可鸡冠花不同，鸡冠花简直就是一朵霸王花，从出生的那一刻起，它就是奔着一朵花去的。等攒足了劲，它猛地一绽放，就在主心的位子上开出了一朵肥厚的花朵。花开之后，就再也没有芽儿了，植物所有的养分都供给了花。把一朵花养得吐气扬眉，就像昂扬的公鸡冠。鸡冠花由此得名。

如果再拿人世间的女子做比较，鸡冠花就好比是郑海霞之类的巾帼英雄了，颇有一种力拔山兮气盖世的雄性之美。这种花，在瑶村，孩子们只是远远地欣赏，并不折下来亲昵。因此鸡冠花虽然在菜地里昂扬生长，却难免有一种"宫花寂寞红"的意味。粗大肥硕，茁壮奇伟，谁让它们长成这样子，要人们如何去亲昵呢？

由鸡冠花我再次想起我们篮球、排球、举重、柔道、摔跤等女运动健将，她们退役之后，不知有没有一个真心爱她们的男人守护在身边？她们的婚姻生活会不会像鸡冠花那样寂寞？

唉，这些粗伟的花朵和女子，也许一辈子只能守着她们的"业绩"过日子？鸡冠花就是这样，等长到足够成熟了，就有一双老手把它们从枝头上拧下来，晒干，作药用。

在我的记忆里，瑶村伢子秋生就得了鸡冠花不少恩惠。

秋生去山上砍柴。有人在更高的山岭砍柴，不小心踩翻一块巨石，巨石咆哮着滚下来。秋生目瞪口呆，躲避不及，被巨石从身上碾了过去。

被碾了的秋生，半死不活，居然看不出皮外伤，就是内出血，时不时就咯一口。大家都以为秋生救不活了。秋生的母亲找了很多鸡冠花熬水，再用鸡冠花水熬粥。粥的原料有黑米、黑豆、小麦、各种动物的内脏。熬得浓浓的，香香的，让秋生一碗一碗地吃。

也真怪，秋生别的什么吃不下，只吃得下鸡冠花熬粥。并且吃一碗下去，他的咯血就少一些。

后来，他居然完全好了。跟我们一样，从一个半大不大的少年，长得人高马大，孔武有力。

朱子垄的菜地，其中一块就是我家的。以前我总不理解母亲为什么要在菜地种鸡冠花，雄性十足的鸡冠花不伦不类，既不好看，又不能做菜吃。等到秋生的母亲从我家讨去鸡冠花去治秋生时，我才明白母亲的苦心。

秋生能够活到今天，除了鸡冠花的恩惠外，种鸡冠花的人也有抹不去的功劳。

母亲在瑶村当了好几年的赤脚医生，她常常做一些未雨绸缪的事情。这在《臭牡丹》一节中，我就说过。

药方一

主治：功能性子官出血

方药：鸡冠花 15 克，乌贼骨 10 克，白扁豆花 6 克

用法：水煎服，每日 1 剂

药方二

主治：阴道滴虫

方药：鸡冠花（连鸡冠子）60 克，蛇床子 15 克

用法：水煎熏洗，每日 1~2 次

玉兰（辛夷）

药用：具有祛风散寒、通肺宣窍功能，主治风寒头痛、鼻塞、过敏性鼻炎。

《风中的玉兰》。《雨中的玉兰》。

今天上午，我读了两首关于玉兰的诗，其中一首是大卫写的。很长。他把玉兰比作幻想中的女孩。读得人浮想联翩。大卫是个不错的诗人。

玉兰树是一种高高大大的树，玉兰花是一种清清白白的花。

在早春雨意朦胧的日子，丰美的玉兰开在疏朗的枝头上。玉兰花开的时候，总会勾起人们一种怅然若失的情绪，仿佛是隔水望见一名心仪的美女，却遥不可攀，那意绪同《诗经》中的《蒹葭》篇差不多。

我太早离开瑶村。瑶村的玉兰花美是美，却没有开在我情窦初开之前，我对它们的印象并不深。只知道它们在故乡的深山里自然生长。我鼻子不通的时候，母亲拿它的花蕾加水煮蛋给我喝，说是可预防鼻炎和鼻窦炎。

现在我居住在城里，故乡其他的植物很难碰面，但玉兰树却随处可见。我上班必经的五一大道两旁，种有两行笔直的玉兰树。前些年，五一路禁行摩托车，我只好绕道。但每年春天玉兰花开的时候，我一见交警没留神，就把车开向了五一大道，只想闻一闻玉兰花纯正的香味。

就像美女一般不聪明，而聪明的女孩一般不美一样，花朵也有类似的规律：小小不起眼的花儿常常香气浓郁，而大朵美丽的花儿却毫无芳香可言。都说是上苍公平的结果。

玉兰花却深得上苍的眷顾，不但朵大色美，而且芬芳四溢。那种芬芳不但能够冲通被寒流堵塞的鼻孔，而且还能唤醒早春二月灰暗的心灵。也是玉兰花开的时候，人们经冬的心灵才似欣欣然睁开了眼。

正因为这样，瑶村那些做母亲的，就特别喜欢给女儿起名玉兰。小小的瑶村，竟有大大小小老老少少的玉兰七八个。我母亲也对玉兰情有独钟。她给我取名叫作宗玉。然后一心要生个女儿，取名为宗兰。谁知女儿是生下来了，而宗兰之名却被我的一个堂妹给抢了去。母亲没奈何，只好给妹妹取名为宗梅。这也许是母亲这辈子一个不大不小的遗憾吧。谁让她还没把女儿生下来，就把取名的意图告诉别人呢。

伯母喜欢跟母亲抢东争西，这回她把宗兰的名字抢走了，高兴了好一阵子。母亲说：让她高兴吧，女儿没生在她前头，但名字却要取在她的前头。母亲的意思是说，梅花开放在玉兰之前。

这些琐事，现在想来，既让人觉得好笑，又让人有一种温馨蕴藏在胸。

以玉兰为名，在瑶村，还真有一个名副其实的女子。她长得非常俊美，人又聪明好学。她比我们大几岁，当她考入安仁一中的时候，瑶村家长们就把她当作所有后学者的楷模。我母亲也一样，只要我与小妹一顽皮，她就会感叹道：你们看看人家玉兰，你们若有她一半的聪明好学，我就是死也心甘。

大家都以为玉兰考大学是件轻而易举的事，谁知上苍并没有恩眷她，虽然让她既美丽又聪明，暗地里却塞给了她一个多蹇的命运。玉兰整整考了五年，连一个中专都没有考上。直到我考上大学的那年，玉兰还在复读，上苍一直在她命运的十字路口上亮红灯。

有一年开学，当玉兰走进教室，发现自己的班主任，竟然是自己的同学。然后她突然明白，一个人再怎么抗争，也争不了已成定局的命运。"所有的命运都已启程。"席慕容的诗句，她是读过的。于是她回到瑶村，找了一个男人嫁掉，平平静静地过着她的下半辈子。

她的那个做了老师的同学，一听哪个学生是瑶村的，每每就会无端地感慨起玉兰这个人来。说上苍真的一点都不公平，玉兰的读书成绩不知要强她多少倍，可她考上了，玉兰却没考上。

我妹妹在她班里读书的时候，她就反反复复向我妹妹讲叙玉兰读书时的事情。我妹妹回到家里，再反反复复地向我们讲叙玉兰读书时的事情，我们一家人听了都感慨万分。我母亲一脸怅然，然后说：这都是命。

我的第一篇印成铅字的文章是在一九九五年春天的《大学生》上发表的，题目叫作《哦，玉兰》，写的就是瑶村这个女孩的事情。

玉兰有个弟弟，我在《蓖麻子》一文里写过，虽然初中毕业就考上了中专，但命运也并不见得如何绚丽多姿。他的一生与一截黑漆漆的火车隧道绑在了一起。

我和妹妹算是命好，虽然读书不怎么好，但总算考了个大学向母亲交差了。为这，母亲没少在头子庵烧香。按母亲的意思，我们考上大学，与她烧了这么多年的香是分不开的。

药方一

主治：鼻炎、鼻窦炎

方药：辛夷 9 克，鸡蛋 3 个

用法：加水煮熟，吃蛋喝汤

药方二

主治：外感风寒头痛

方药：辛夷花 3 克，苏叶 6 克

用法：开水泡服

向日葵

药用：具有滋阴、止痢、透疹、补肝肾、降血压、清热利尿、止咳平喘等功能。

在瑶村，把向日葵叫作摆头莲，虽然也形象，但终究没有向日葵三字形象。这东西真怪，总要将头对着太阳。太阳每天从东边升起，西边落下，它就跟着把头从东摇到西。夜里太阳埋到地下了，它就把头勾下来，默哀似的。植物中，它真算得上一另类。

瑶村不产葵花子，大人们只在一些地的边角种上几棵，让时隔多年的我已没有多少记忆了。我今天之所以写这篇文章，是我记起了幼年时，自己曾经种的那片葵花。那至少有几百株，簇在一起，颇为壮观。

如果没有风折断秆子，葵苗一般标标致致，娉婷挺拔，每天早晨士兵列队似的，齐刷刷地把头摆向东边。也没人喊立正，都一副立正的姿态。然后随着太阳的缓缓升起，头就慢慢地往上抬，像在做广播体操。午后太阳朝西边落，它们就把头甩向西边，震撼人的是，它们一株就像一片，一片又如一株，没有一棵例外，从没有感到单调和厌倦的反应。更震撼人的是，今天的这时来看它们，同昨天这时没有区别，同明天这时来看它们，一样没有区别。那种情形，让我一直以来都有一种说不出的压抑和悸动。

我宁愿做任何一种植物，也不要做向日葵。如果要我空心人似的一辈子只重复着一个动作，并且不出任何差错，那还不如把我的头颅早早砍下来了事。

我想，假如把一天的时间缩成一秒，那片葵地就有好戏看了，它们一定会像现在都市里那些吃了摇头丸的少年，把头摇得像个风车。这样就更见它们的神经有问题了。

好在天地万物只有一种叫葵花的东西，而现在也没有人逼着我做"葵花"了。以局外人的眼光来看葵花，说实话，我还是非常钦佩它们的自律，那其实也是一种精神，它一生就要这么顶礼膜拜太阳也是没有办法的事，与他人无关。我并没有贬低它的意思，对于我这个懒人来说，可能无法苟同那种一生朝着一个目标奋发向上的做法。

同人一样，它们这样苦行僧般的生活，毕竟是有收获的。首先它们把自己一个个都修炼成太阳的模样，它们一开花，就有遍地太阳的效果。然后是葵盘中的子粒个个都承恩太阳的光芒，饱满得一副要撑开的模样。而一开始就排列整齐的葵子，似乎也在基因中继承了它们祖辈先天规矩的禀性。

葵花好是好，但与我的性格不合，那一年后，我就再没种过葵花。好在我不种，自有别人要种。

茫无目的地走在异乡，有时与葵花狭路相逢，我就会停下来朝它们笑笑，它们也朝我笑，但头还是望着太阳，同十几年前一样，一刻也不偏离。那时我心底就有一种莫名的感触在涌动。我不知它们看我，是否也有一份说不清的感动？尽管选择的道路是如此迥异，但重要的是我们都活得满足而充实，并且自觉意义深远。

药方一

主治：胃痛

方药：向日葵花盘1个，猪肚1个

用法：共加水炖烂，吃肉喝汤

药方二

主治：小便涩痛

方药：向日葵根30克

用法：水煎数沸（不可久煎），分2次服

冬茅（白茅根）

现在想来，瑶村有很多植物，开出来的花固然是花，结出来的果，也是花的模样。最典型的要数蒲公英，其次像三十六荡啦，棉花啦，都是这样的。

还有一种果如花的植物，就是冬茅了。在瑶村，冬茅是一种挺常见的植物。高山上，沟壑里，原野中，长得到处都是。冬茅具有很强的侵略性，一块地，只要停一年不种庄稼，那么第二年就全被冬茅占领了。一块山林，经火烧掉后，其他什么植物都不长，只有冬茅长得疯狂。

冬茅是一种贱草，不管阳光土壤雨水如何，只要给它生长的机会，它就会长得很昂扬。长出来的叶子比禾苗的叶子还修长，还苗壮，还要富有美感。

在冬茅成片的地方，微风过处，就有一坡绿浪汹涌。让山里少年恍惚间，就会想象成海的模样。而身体里的血液这时会跟着绿浪沸腾，往往忍不住就号一声，在沉浮的绿海里奔跑。如果绊倒了，便就势在山坡上翻滚。也不管长长的冬茅，在身上划下一道道血口。等到风停人静，全身肌肤火辣辣地疼时，才后悔起来。

疼痛还在其次，回去又得挨父母一顿骂。

冬天的时候，在瑶村的野外觅不到任何食物，瑶村的孩子们就一人背把锄头，挖冬茅根嚼。白白嫩嫩的冬茅根，青涩中透着一份甘甜。

就是这份仔细品味才有的甘甜，让瑶村的孩子们嚼过了一个又一个寒冷的冬季。

冬茅开花在春末，立起来的花秆，有些像麦穗；而婉约的形状，又有些像狗尾巴花。青色的花萼上，点缀着点点不起眼的黄花粉。乍眼看去，并不觉得花穗和叶子有多大区别。

有区别的是成熟后的穗果。乳白色的绒毛，如小小的芦花秆，挺立在青绿色的草叶间，一枝并不显眼，两枝也不显眼，三五枝同样不显眼。可如果一多，漫山遍野都均匀地分布着这些白绒花，就会给人一种强烈的视觉冲击。这时若有一点起于青萍之末的微风，就摇得小小的茎秆轻轻晃动，摇得白绒花脱离母体，在草叶间轻飞漫舞，像细小轻盈的生灵，在举行一场无声的舞会。心儿，慢慢地就安静了，莫名其妙的忧伤，如凉水一般地倾过来，以一种看不见的方式拥抱着我们，泪花儿也不由自主地涌出来……

乡村的少年"不识愁滋味"，不会"为赋新词强说愁"，但在漫山遍野的冬茅花面前，能感觉愁的存在。后来看电影，发现张艺谋等很多导演喜欢把他们的摄影机对准遍地的冬茅花，并在冬茅花地里设计很多的故事情节。我估计，张艺谋的故乡一定也有很多很多的冬茅花，并且给少年张艺谋的心灵上烙下了很深的痕印。

冬茅花，它能让人类麻木粗糙的心灵变得柔软。日本著名导演黑泽明似乎深得其中道理，他在电影《乱》中，给每一个士兵的头盔上插一枝类似冬茅的绒花，使得战争还没开始，忧伤就已在画片上铺天盖地地展开了。这种柔和而慈悲的忧伤，有效地中和了战争的血腥性和暴力性。每一个观众都能从杀戮的场景中感受到黑泽明悲悯的心灵，进而也把自己带进了慈悲的境界。

突然就想起大学时的一些事情了。湘大的校外，不长树的地方必定会长冬茅草。一年一年的冬茅草啊，芽了枯，枯了芽，使得那些山坡就像垫了一块厚实柔软的地毯。我们出校外玩耍，经常能看见这这那那的冬茅，被压倒了一片又一片。不用猜，也就知道这些地方曾经有故事发生。

与女友牵手校外的日子里，累了倦了的时候，我们也没少把那些冬茅草压在身下，头并头，仰看蓝天白云，飞鸟疾过。

前年冬天，我带三岁的儿子回瑶村过年。即使是过年，山村还是显得很清冷。没有什么好玩的，我就带儿子去后山烧冬茅。成片成片的枯冬茅，烧起来实在是过瘾啊，红红艳艳的巨舌，直往清冷的天空舔去，好像要把整个冬天都含在嘴里热乎热乎，暖和暖和。

三岁的儿子，何曾见过如此巨大的野火啊，他跟在我的身后，手舞足蹈。

生命中总有那么一些简单的事物，让心灵战栗不已，兴奋不已，沸腾不已。它们带给我们快乐和晕眩的感觉，是我们多年努力经营，最后取得所谓世俗的成功，也无法感受到的。

药方一

主治：血尿

方药：鲜白茅根 60 克，小蓟 30 克，车前草 30 克

用法：水煎服

药方二

主治：曼陀罗中毒

方药：鲜白茅根 50 克，甘蔗 500 克，椰子 1 个

用法：将白茅根、甘蔗捣烂，榨取自然汁，加入椰子水煎服

柳 枝

药用：具有祛风利尿、止痛消肿的功能。

外婆家门前的池塘边有一些杨柳，杨柳是最早感知春天的植物之一。往往我家屋前屋后的植物还在枕着冬天的背影酣睡，外婆家门前的杨柳就起来化妆了，描的是那种让人看一眼，心尖儿就会颤一下的绿。这使得每年外婆家的春天都仿佛比我们这里要早到些。

父母浑然不觉，我却有些受不了。有年春天，我终是从外婆门前的杨柳上折了一把柔枝回来，插在离西墙不远处的小小池塘边。杨柳是见水长的植物，没几年时间就成荫了。由于最初我插柳太密，又是斜插，小小池塘一下子就被树荫笼罩了，只留下中心一个团箕大小的空间。

"池塘生春草，园柳变鸣禽。"那都是一些细微而悄然的变化，粗心的小孩是难以发觉的。那个夏初的晴朗上午，我经过池塘时，突然听到扑通小小一声响，我循声去看，就见一只青蛙从池塘边泅到了水中央，小巧的四肢稍一用力，就上了一簇叶叠叶的浮莲。那时，阳光正从那个团箕大小的空间射下来，柔和地笼着那一丛浮莲。我这才猛然发现，池塘变了：早些年，池塘里的蕨草萍莲都是由四周向中央蔓延，而现在四周的水面干干净净，池中央却平添了一丛浮莲。是在那一刻，我开始感知阳光的魅力，也开始感知村庄里一桩事物对另一桩事物的影响，及一桩事物和另一桩事物的关联。

阳光射下来罩着那一丛浮莲，浮莲就成了被灯光笼罩的舞台。阳光还透过柳荫漏下来，在四周的水面上闪烁着细细碎碎的金光。那时我站在岸边的树荫里，竟羡慕极了池中央的那只青蛙。四月是瑶村最美好的季节，空气中飘飞着一些不知名的细花，同时飘飞的还有丝丝缕缕难以形容的花香。那只蹲坐在浮莲上的青蛙，这会儿正神态专注地盯着光束下飘忽的飞絮，突然凌空跃起，将优美的身子展在空中的一刹那，舌头一吐，将飞花舔进。起落之间，浮莲轻微地颤动，有一圈如丝般的细漪向四周扩散开来，而后又是一圈。

那一刻，我退居到村庄的次位……

后来，我就常常对着村庄里那些村人所不屑的细微事物发呆，在忘我的物境里幻度光阴。

药方一

主治：外阴红肿疼痛

方药：鲜细柳枝 20 根（每根长 1 米左右）

用法：切碎、煮熟，用旧白布裹包肿处，同时蘸热水冲患处

药方二

主治：小儿胎热，小便黄

方药：柳枝 15 克，灯芯 1 克

用法：将柳枝切片，烘干，加灯芯煎水服

车前草

车前草也是一种贱草。看名字就知道。

它矮矮矬矬地长着，像一棵发育不全的小青菜。

但小青菜可娇嫩了，雨不得，旱不得，踩不得，挖不得。稍一动弹，它就死翘翘了。车前草不一样。浸也浸得，浸个十天半月居然没事。干也干得，干个一月两月照样活着。人踩兽踏，甚至车轮重压，都毫无惧色。仿佛越压越结实似的。有无聊的人一锄头把它挖出来，翻个滚，它又在旁边的一个地方生长起来。唉，真的是贱得没法说，贱得让人心疼。

车前草，顾名思义，就知是长在车前面的草了。其实用"车前"两字还不能概括，干脆叫作车辙草更好，因为它更多的是生长在车辙里。小小身子，来世一遭，仿佛就是为了让车轮压个百八十次似的。压一次结实一番，等到开花结果的时候，植株居然强韧得跟橡胶似的，猪吃，吃不动，牛啃，啃不动，人要想用手把它拔出来，也是徒劳。这时一天被车子轧个三五趟，什么事情都没有。车轮过后，叶子上连半点伤痕都不会留下。

很多年后，我在湘西苗寨里看苗人巫师走钢刀、卧铁钉、踏烙铁、睡玻璃，马上就想到了瑶村的车前草。同瑶村的车前草一样，这类人活在世上的目的，也像是为了找苦吃，在苦难中磨砺自己，在磨砺中等待生命的结束。这种活法，我是相当钦佩的。但我自己绝对做不来。

瑶村没通车之前，车前草好像还并不多见。它们零星地长在瑶村某些无人知道的角落，没精打采地活着。

后来通车了，一株株车前草突然冒出来，很快就把马路占领了，特别是马路上的车辙。远远看去，好像是它们把为数不多的车子往偏僻的瑶村领。这情景好比是瑶村的孩子们头一次看见车时，把马路的两旁都站满了，恨不得要把车抬到瑶村。来瑶村的车子就是被车辙里的车前草抬进瑶村的。

马路是条小马路，并且终点就在瑶村。一年走不了几次车，不通客车，只有为数不多的几辆汽车和几辆拖拉机在上面行走。然后就是摩托车和自行车，可后面两样车，太小巧了，根本就轧不出很深的车辙。这让车前草非常失望。因为车辙越深，它们的长势就越旺。车前草的生长道理真让人莫名其妙。

当然，并不是马路上的过往车子越多，车前草就长得越旺。估计也是有个限度的。比如说，瑶村过去的荷古，马路上的车前草就少了好多。再过去的联扩镇，车前草就少之又少了，因为过往联扩的车子太多了，用"车来车往"这个词形容，都不过分。这时，只有艺高胆大的车前草才敢在路中间的车辙里生长。尽管如此，也活不长久。有些车前草的日过车量也许只有五十辆车，如果这一天超过了七十辆车从它身上碾过，它肯定会一命呜呼。就像苗寨那些巫师，突然有一天就被尖锐的钢钉刺破了肚皮。

我在联扩镇读初中的时候，有时实在无聊，就曾计算过一棵车前草对日流车量的适应情况。我发现如果一天有五辆车从它身上碾过，它就当是强身健体；如果有二十辆，它照样能够生活；如果有三十辆，它可以勉强保持不死；如果有五十辆，它就奄奄一息了。超过六十辆，它一口气再也喘不上来，就死了。

当然，车前草也许并不是自愿要做个受苦受难者。从先秦以来，就有了马车战车，也许是它们的祖先在种子成熟时，突然遭遇了一辆战车的袭击，把一部分种子带到了马路上，并陷入深深的车辙之中，从那时后，它们子孙后代的命运就已经注定了。马路有多长，车轮就可以把它们的种子带到多远，它们就只能在天涯各处的车辙里生长了。天长地久，逐渐就形成了愈踩愈旺、愈压愈强的性格特征。

还有一种可能，车前草也许是上苍特意为那些旅人准备的。艰苦旅途，很容易造成人感冒咳嗽、上火赤尿。这时只要下车，就可以找到医治的良药。悲悯的车前草就生长在人类的车轮之下。

而现在的马路，全是水泥沥青铺就，车前草就算要长，也莫可奈何。失去了马路的车前草是不是特感寂寞？也许某一天，车前草的名字得改一改，因为它们再不能生长在车前面了。

容不下车前草生长的马路，是不是人类辜负上苍美意的另一个明证？

药方一

主治：尿路感染

方药：车前草 30 克，积雪草 40 克，白茅根 30 克

用法：水煎服，每日 1 剂

药方二

主治：鸡眼

方药：鲜车前草适量

用法：洗净，捣烂，外敷患处，每日换药 1 次，有止痛作用

马齿苋

药用：消热解毒，凉血止血。

在瑶村，马齿苋最喜欢长在辣椒地里了。如果说植物是相生相克的话，那么辣椒应该是马齿苋的好朋友。不过，这两种植物长在一起，辣椒往往是正主的角色，马齿苋则处于奴仆地位。等瑶村人把辣椒苗栽到地里，马齿苋才悄悄地从地里拱出来，然后摸索着向辣椒苗靠拢。

但瑶村人不等它们友好会师，就在盛夏五月，把马齿苋给拔了。瑶村人不想让奴仆跟正主争夺肥料，但他们从来不向辣椒征求意见，就把它的好朋友给解决掉了。没有马齿苋的辣椒地显得很孤独，也有些狰狞的意味。到了六七月，这种狰狞的气氛就更足了。六七月的辣椒地，短小鲜红的朝天椒，像一颗颗尖锐的牙齿，齐齐地向外暴露。整个辣椒地像一个怪物的大嘴巴，好像随时要把蓝天咬下来一块似的。

这种感觉，愈是中午，愈是阳光暴烈的时候，就愈强烈。以致小时候我与小妹都不敢一个人在中午时分，去寂静的朱子垄摘辣椒。好像辣椒地里藏有一个未可形容的野兽，只等我们一脚踏进地里，就把我们吞噬于无形，再不让妈妈找到，再不让瑶村任何一个人找到。瑶村从此就没我这个人了。

相对来说，早晨则好些，早晨的露珠儿会把瑶村的万物装饰得洁净而温情、彼此都不含敌意。露珠儿沾在红红的辣椒上，小辣椒像一个个乖顺的婴孩。但到了阳光强烈的中午，它们就露出了狰狞的面貌来。若干年后，我看动漫片《超人总动员》里那个最小的幼婴时，忍不住会心一笑。小幼婴平时是妈妈的乖宝宝，可一到危险之时，就咆哮成一头狮面兽身的怪物，把最厉害的敌人也吓得望风而逃。瑶村的那一地朝天椒，就有《超人总动员》那幼婴的特质。

呀，看我，说是写马齿苋，写着写着，就写到辣椒了。

收笔回来吧。

马齿苋之所以得名，我估计是它那些贝齿般的叶子像极了马齿，或者是这种苋菜最逗马齿喜欢，我不是太清楚。我只清楚五月拔掉的马齿苋非常葱嫩。瑶村人把它洗净鲜炒，或者晒干纳入坛中做泡菜。但毕竟太多了。多数马齿苋只能做猪草。瑶村没马，家家户户都养猪，马齿苋是猪们的佳肴。从这方面来说，马齿苋在瑶村改为猪齿苋更贴切。

小时候，是个少荤缺油的时代，而马齿苋这种菜又特别需要油。油放少了，味道青涩寡淡，难以下咽。所以瑶村的孩子，一看母亲要把马齿苋做泡菜，就特烦躁，往往会跟在母亲后面，牙疼似的念叨不停：呀呀呀，你还洗？你还洗？这么多，怎么吃得完啊？难道整个冬天都吃马齿苋不行？

母亲往往会叹息：你这个伢崽，我又没说整个冬天都吃马齿苋，但多准备一些，总没坏处吧？

我也讨厌吃马齿苋。为了与马齿苋等一些清寡的蔬菜作永远的告别，我读书非常努力。母亲说：不吃苦中苦，怎为人上人？要想不吃马齿苋，就得考上大学做城里人。我没有辜负母亲，终是成功了。

可结果呢，才过去十来年，城里突然流行吃野菜。妻子就是吃野菜的积极倡导者。她一直生活在城里，从小并没受过咀嚼马齿苋的痛苦，现在她每周都要买几把马齿苋回家，搞得我恼羞成怒。仿佛这么多年来的艰苦奋斗都白费了。早知来到城里仍然是吃野菜的命，我待在瑶村不还好些吗？

对我的恼羞成怒，妻子往往笑吟吟的。她说：这马齿苋有你说的这么难吃吗？我觉得挺好吃的呀？不信，你挑几根试试。

不试不试，就是不试！吃了十几年，它什么味道，我还不清楚？！

事实上，我并不清楚。当有一天，我爱理不理、漫不经心地把一根马齿苋挑进嘴里，在舌尖和牙齿间徘徊时，我才发现，童年那种苦涩的记忆竟然不存半点了。马齿苋作为一种野菜，经城市的油锅一搅拌，变得特别清新爽脆、可口甘香。

唉，三十年河东三十年河西。昔日菜中奴仆，今日竟成菜中主人。而那些红辣椒呢，这会儿只配做它的调料。

药方一

主治：视神经萎缩（青盲）

方药：马齿苋子适量

用法：烘干研末，每用 5 克，掺入葱豉粥中食之

药方二

主治：肺热咳血

方药：鲜马齿苋 69 克，白茅根 30 克，仙鹤草 20 克

用法：水煎分 3 次服

百　合

药用：具有润肺止咳、清心安神功能，主治肺痨久咳、老人慢性气管炎、神经衰弱。

今天生日。今天写百合，不是有意安排的，纯属碰巧。正因为不是有意安排的，所以心里不免有些莫名其妙的得意和欢愉。觉得这是一个好兆头。三十岁后，每次过生日都感到怅然，感到时光如幻如电。既而感叹人生匆匆，一事无成。

今年却不这么想了，今年的心，安宁得很。再不想那些建功立业的事，以我的资质才华，想也是白想，不如安静地写些自娱自乐的文章。成大名成大家的事，就由那些比我有才华、比我更努力、比我多磨砺的人去完成并享受吧。

如果有可能，我倒希望能回到瑶村去种植百合。一直以来，百合花都是一种和睦美好的象征。像我现在这把年纪，真的没有太多奢求了，只希望儿子稍微聪明一些，稍微听话一些，妻子更加贤慧一些，更加宽容一些，同时希望她更快乐一些，更对她自己满意一些，其实她真的已经很不错了。也希望父母更健康一些，少操劳一些，不要在晚年的生活中心存怨气。至于我自己，就由命运去摆布吧。只要让我的家人幸福平安快乐，我愿意接受命运的任何摆布。当然，这话也有矫情的成分，只要本分地生活着，本分地工作着，命运会给我一口吃的喝的，而不会想法子如何摆布我。

说到这里，我突然觉得无话可说了。

关于百合花的记忆，依稀中是有一些的，但都像那些春梦云霞一般，再无觅处了。我也不想再提及。

曾经买过百合花，送给唯一的女人，就是自己的妻子。现在想来，这也应该是婚姻可以圆满下去的兆头。身边的人，身边的朋友，很多很多都让家庭离散了。并且扬言人类的家庭是一种错误的组合，生而为人，应该是百之分百自由的。

但我想，家庭是养育下一代最好的温床。就算只为这一点，我也得把家庭维持下去。何况，我与妻子，明显在心里暗藏着彼此的爱恋。男人与女人之间，不要渴望能了解多么透彻，只要有纯粹的爱，就已经足够了。

曾经很多次吃过母亲用百合炖出来的鸡汤。一辈子都不曾懂过母亲。但深深懂得母亲的爱。上辈人的悲欢离合都有他们的理由，我不去评价他们的功过是非。我，只要记住母亲的爱就可以了。

也是今天才知道，平时吃的百合，并不是百合花，而是百合根部的鳞茎片，小瓣小瓣的鳞茎片，纯白，如莲花开放，在黑暗的地下。这才是百合名字的来由。但似乎很少有人知道。

人们送百合，不送下面莲花般的鳞片，只送上面喇叭般的花。这其实是一个不大不小的错识。我也一样。花只沾百合之名，而根下的鳞片才得百合之实。

现在我来说说百合的繁殖方法吧。百合可以用鳞片、鳞茎、珠芽和种子繁殖。这可能是植物中繁殖方法最多的种类了。这种无可无不可的生存方式，倒也挺与百合的和谐名声匹配。

鳞片繁殖：选择无病健壮的大块鳞茎，切去基部，剥下鳞片，于九月或十月份将鳞片的三分之二插入整好的畦内，压实，浇水，盖草，以利遮荫保湿。扦插后二十天左右，会自切口处生一两个小鳞茎。翌年春季即发育成新株，经过一年的生长，秋季把它们挖出来再移栽。

小鳞茎繁殖：收获时收集小鳞茎，秋季播种，经一年种植，采收大鳞茎入药，小鳞药继续留作种用。

珠芽繁殖：有些百合品种的叶腋间长有珠芽，夏季珠芽成熟，快要脱落时，及时采收。收后与湿润细沙混合，贮藏在阴凉处。于九月下旬将珠芽均匀撒入浅浅的畦沟内，覆土，保持土壤湿润。第二年秋即为一年生鳞茎，按照小鳞茎繁殖方法，再培养一年，可得商品百合。

种子繁殖：九十月份采收种子，并随采随播种。若翌年春播，需将种子进行湿沙层积处理。于翌年春三月，将种子均匀撒入沟内，播后轻轻镇压，浇水，经常保持土壤湿润，当土温十五度左右时，种子萌芽，幼苗出土。三年后可起挖。

呵，不知为什么，突然就对百合的繁殖特别有兴趣。我想也许是今天生日的原因吧。三十几岁的年纪，正是育儿时代，这时候的我真的好想把儿子培养成一个非常出色的人。

我想，如果不碰上今天生日，那么我所写的百合一定是另一番光景了。所以文章这东西，真的神秘得很。神秘得让写作者也无法把握。我相信陆游的诗句："文章本天成，妙手偶得之。"我不喜欢那些费尽心思布局谋篇好了的文章。那些文章看起来精致，但做作的印迹太深。

突然想，如果人类生育也像百合一样方式繁多，那么我是不是会用不同的方式生几个孩子呢？如果不靠妻子也能生育，我会不会拿刀划出一滴最浓最浓的血，独自把它培育成一个活蹦乱跳的孩子呢？

这么想时，内心忍不住温柔一痛。

药方一

主治：失眠（阴虚有火者）

方药：鲜百合 50 克，蜂蜜 20 克

用法：共炖烂，每晚临睡前服之，连服 5~7 天

药方二

主治：胃脘胀痛、灼热

方药：百合 30 克，乌药 9 克

用法：加水炖烂，去乌药服之

玉 米

药用：玉米须具有利尿消肿、平肝利胆之功能。

去了一趟北京。天亮的时候，火车在华北平原上缓缓行驶。离火车不到两丈远的旁边就站着玉米，站着很多很多玉米。一望无际，把整个华北平原铺就出一幅丰收的图景。火车从中经过，像天安门前的阅兵元首。

很多年没看见玉米了。把脸压在车玻璃上，好想把一棵玉米完整地攫入眼中。但不行，火车虽然比不得飞机快，但在肉眼将一棵玉米完全看清之前，它早就把人拽上前一大截了。

所以北方的玉米多是多，终究只留下了一个模糊的印象。

模糊的印象其一：北方的玉米长得普遍单瘦矮小，最多只有人的肩膀高。人只能猫着腰，才能将自己藏身其间。《平原游击队》里的同志们大概因为猫久了，才弄得一个个勾肩驼背的。

其二：每一棵玉米好像只长一颗玉米苞？哪怕碰巧都不肯多长一颗。这真叫人吃惊。我估计是北方的计划生育做得好的缘故。北方不比南方，可以把大肚子藏在深山密林里，然后违规生育。北方一个大平原，无山无谷，无林无莽可藏，不可能猫在玉米地里生仔。北方的妇女肚子稍微大点，被会被眼尖的计生干部发现。所以北方的计生工作比南方做得好。榜样的力量是无穷的，北方的玉米一学人样，也就只生一个啦。呵呵。

其三：北方的玉米颜色是浅绿色的，跟南方玉米的翠绿色一点也不相同。

因为上面三个印象，我还是喜欢南方瑶村的玉米。不多，就在菜地里的边边角角上站着。但只要站一棵，就绝对"人高马大"，枝粗叶肥，像丰乳肥臀的女人，绝不像发育不全的丫头片子。而且生育能力绝对强，一棵秆子上三四个玉米棒是常见，五六个也不在少数。所以南方人喜欢以玉米骂人：你老爸的玉米棒子！或者说：你老妈的玉米缨子！这与其说是骂人，还不如说是夸人。

瑶村的小孩子们可没有那么"色情"。他们只知道吃呀吃呀吃呀。玉米刚刚长出棒的模样来，他们就发现了，然后每天都要去菜园里看看。看着棒子吐出红缨，瘪粒变成圆浑，苍白变成金黄……最后，终于成熟啦。在大人们还没下手之前，小孩子早把自家的玉米掰走了。然后拿到后山，架起野火，烤得满山飘香，然后你一口我一口地咬着吃，一边烫得倒吸凉气。

等玉米吃完了，就去嚼玉米秆。瑶村不种甘蔗，瑶村的孩子拿着凡是长成甘蔗模样的植物都要啃一通，把皮皮渣渣吐得满村庄都是。啃得好就有甜味。甜得腻时，瑶村的孩子就会拿着玉米秆或高粱秆到处炫耀，说自己找到了一根真正的甘蔗。若是啃不好，则味同败絮。但还是不甘心，一口一口，侧着头，牙尖齿利，啃到底。到最后一截，啃两口，彻底绝望了，才把它扔掉。

啃得不好，还会碰上苦涩的玉米秆。但并不是全苦，苦中似乎含有一丝丝甜味。就冲着这一丝丝甜味，也要一路啃到底。有时居然就越啃越甜，这时内心的兴奋就甭提了。啃一口喊一句：日他娘，我差一点就把它扔了！

若干年后，我在外地嚼了一截甜味纯正的甘蔗，这时才发现，无论多甜的玉米秆都不及甘蔗的十分之一。只一截甘蔗便把我童年的全部记忆毁掉了。说实话，我真有些痛惜。早知这样，那截甘蔗我一辈子都不会嚼的。

药方一

主治：胆石症（肝胆管及胆总管泥沙样结石，胆道较小的结石）

方药：玉米须 30 克，芦根 40 克，马蹄金 20 克，茵陈 15 克

用法：用水煎服，每日一剂

药方二

主治：慢性副鼻窦炎

方药：玉米须 100 克

用法：切成段，晒干，装入烟斗内，用火点燃吸烟，每次 1~2 烟斗，每日 5~7 次，至症状消失为止，在玉米须中加当归尾粉末更好

杜 仲

药用：具有补肝肾、强筋骨、安胎功能，主治肾虚腰痛、胎漏欲堕、高血压等。

什么事久了，都是一件苦差事。

上网也一样。瞎天瞎地地在网上逛，看起来不累，久了就累得要命。这些天，在网上连载一个长篇小说，人气居然好得骇人（吓人的意思）。于是天天守着电脑，看着点击率一路飙升。要不然就是兴奋地回答网友的各种提问，搞得腰酸腿疼，头涨眼花。

怀疑是肾受损伤了，于是找来一盒杜仲茶泡水喝。也不知有用没用。记忆中的青青翠叶，加工后，竟是一些黑不溜秋令人怀疑的碎渣渣。杜仲茶是妻子从张家界带回来的。估计她也希望我的肾强脾健吧，像广告里说的那样，我好她也好。

产品介绍说，杜仲茶含有氨基酸、黄酮类、木脂素、维生素等十多种成分，也富含人体所需的锌、硒等多种微量元素，是纯天然营养佳品。《神农本草经》中对杜仲就有记载："味幸，平。主腰脊痛，补中益精气，坚筋骨，强志。"

我姑且听之，姑妄信之。

其实，我还是怀念瑶村深山里那些高大挺拔的杜仲树。看着它们，浑身好像就来了力量。挑柴在山中行走，顺手摘一把杜仲叶放在嘴里嚼着，走很久也不觉得累，走很久也不觉得渴。

那些椭圆形的叶子，看起来翠绿惹眼，摸起来手感肥实。那才是百分之百的杜仲，让人一目了然。

我不喜欢加工了的东西，包括加工后的感情。我希望我自己去买强肾健脾的药草，而不喜欢妻子送我。妻子送我的，我感觉怪怪的。

药方一

主治：高血压病

方药：杜仲 12 克，夏枯草 15 克，土牛膝 10 克，野菊花 9 克

用法：水煎服，每日一剂，连服 10~15 天

药方二

主治：肾虚腰痛

方药：杜仲 15 克，五加皮 20 克，土牛膝 10 克，土枸杞 20 克

用法：水煎服，每日 1 剂，连服 7~10 天

倒挂金钩（杠板归）

药用：具有清热解毒、利尿消肿之功能。

倒挂金钩是一种藤蔓草本植物。最长也不过两三米。长得纤巧文静，杂在瑶村的田坎、沟边及山脚的灌木丛中。不注意，是很容易忽略它的。但别当它是个好惹的主，从根到蔓，从柄到叶，全身都倒生着钩状刺。叶分两种，一种长长的柄，向外伸，叶子呈盾状三角形；一种是托叶，圆形，抱茎，像小孩儿寄在脖子上的奶枷，防止吃奶时把衣服弄脏。

瑶村人把这东西叫作倒挂金钩。那是很形象的。

杨冲人把它叫作蛇倒退。也很形象。爬行动物遇到它了，还真的要倒退。所以耙冲人又称它为蛇不过。

夏季的瑶村可热啦。春天里留下的那些水洼，一热，就蒸发得差不多了。浅坑内只剩一层薄水，牲畜要喝，要躺在里面打滚，还要在里面拉屎撒尿，很不卫生。不卫生的浅坑，没多一会儿就繁殖了许多痧虫。

痧虫是一种什么虫呢？不知道。总之很小很小，小得凭肉眼差一点就看不见了。小得连描绘都觉得困难。它们均匀散布在臭水洼里，暗红的身子一拐一扭，做滚翻状，形成一个个小小的 S。好像谁把细长的金丝剪得长短相同，再揉一把，撒进水洼。

痧虫也是个不好惹的角色。夏天瑶村的孩子喜欢打赤脚在大地上行走。有时免不了就要过水洼。经过水洼，不及时洗脚，痧虫就会寄憩在孩子们的脚丫子里，把脚上最柔嫩的皮肤咬破。这样一来，每年夏天，瑶村大多数孩子的脚丫子都会溃烂一次。

但有倒挂金钩在，并不是什么了不起的事。孩子们甚至都不必向大人报告，就把倒挂金钩的叶子采来，揉成汁渣，让两片脚丫子夹住。一只脚，五根趾，四个缝，夹四小团汁渣。两只脚，就夹八小团汁渣。

倒挂金钩的汁渣就有杀痧虫的功效，瑶村的孩子们都知道。而瑶村的孩子们又喜欢跟风。烂脚丫也不是什么大事，它爱烂就让它烂着。可突然有一天，一个孩子找倒挂金钩去揉汁渣了，整个村庄的孩子都会跟着去找。连没有烂脚丫的小孩也吃饱了撑着，非要把自己的脚丫塞满八小团汁渣。哈，这下有趣了，全变成小鸭子在走路，屁股扭得好有特色。平时个个奔跑如飞，现在不了，轻轻地挪步，轻轻下踩，生怕脚丫的汁渣掉了。

一回，两回，三回。瑶村的小脚丫全好了。

大人们也烂脚丫。但大人们太忙，忙得一起床就把烂脚丫的事给忘了。大人们本来也想找来倒挂金钩揉点汁水治治烂脚丫，但一直没空。只有每天晚上用热水泡脚的时候，烂脚丫突然一阵生疼，让大人们忍不住叫出声来：啊痛！娘的，忙起来又忘了！

忘了什么？并没把话说全。但有心的孩子知道。第二天就采了一把倒挂金钩藏在家里。吃晚饭的时候也不把它拿出来，饭后乘凉的时候也不把它拿出来。等到晚上要睡觉了，大人们洗热水脚时痛得一叫，才把倒挂金钩拿出来。这时大人们显出一副捧若至宝的样子，让孩子颇有成就感。

掰开大人洗净了的脚丫子，把一团团揉好了的汁渣塞进去。受用的若是父亲，他会笑吟吟地说道：嗯，不错，生崽享福。

受用的若是母亲，她则会无声无息地淌出两行泪水，怕孩子看见，忙拿衣袖去擦。可低头忙活的孩子早看见啦。这会儿，她心里可比蜜还甜呢。

我先已说过，倒挂金钩有刺。但这种刺毕竟太柔弱了，只要把握好，就能在不伤到手的前提下把它们同叶一样揉碎。小女孩心虽细，但胆小，一慌张，就会把刺扎进肌肤里。所以瑶村的男孩子帮女孩子揉碎倒挂金钩的事也就常有。

帮女孩子揉碎倒挂金钩，与帮大人揉碎倒挂金钩，内心甜蜜是一样的，感觉却不同。

药方一

主治：一般毒蛇咬伤、蜂螯伤

方药：鲜杠板归30~100克

用法：洗净、捣碎、外敷伤处（蛇咬伤者，要暴露伤口以利毒汁引流通畅）；可同时用鲜杠板归叶60克，洗净，捣烂，绞汁，冲入甜酒少许服之

药方二

主治：黄水疮

方药：杠板归茎叶适量，冰片少许，麻油适量

用法：杠板归烘干，研细末，加入冰片，麻油调涂患处，一日2~3次

马 兰

药用：清热解毒，散结消肿，利尿。

一二三四五六七，

马兰花开二十一。

二五六,二五七,

二八二九三十一。

这是童年跳绳或踢毽子时唱的歌谣。但童年时根本不知道马兰是一种什么植物，也不知道马兰花开为什么是二十一。

今日在网上一查，才知马兰就是田边菊，一丛丛生长在田野里、垄沟下、小路旁。到了深秋，就恣意放肆地开放，在清寒的天空里撑出一片暖暖的黄色来。

尽管知道马兰是什么了，可马兰花开为什么是二十一，我仍然不明白。那首歌谣，仿佛藏有一句谶语，让二十一岁后的人生普遍怀着淡淡的怅然和伤感。而二十一那个简单而毫无意义的字数，却让唱过这首歌谣的所有童年都盛着盆满钵满的欢乐。歌声里的那种笑语和气氛，直到很多年过去了，仍能抵达晦涩的现实，让我们麻木的神经感到一丝欢愉。

在瑶村，关于马兰的记忆，就只有那首歌谣了。

在瑶村，关于那首歌谣的记忆，就只剩一些依稀的影子了。与我同唱此歌的少儿们，散落在世界的各个角落，毫无音信。而那时从歌谣旁经过的大人们，正一一离开这个世界。比如我的叔伯外公，那个喜欢露一口洁白牙齿微笑着注视我们唱歌谣的中年人，在今日凌晨，因为胃癌，也与这个纷繁的世界告别了……

流光太匆匆，没有人有很多剩余的时间。只有这首歌谣还在一茬一茬孩童的口中流传着，让偶尔返回故乡的我，既欢愉，又悲伤。

读大学时，有关马兰的记忆也有一些。温暖的马兰带给记忆的仍然是些浅浅的凉意。

大学在湘潭的郊区，校外秋后的田野，马兰一丛丛开得格外亮眼。喜欢一个人偷偷地溜出去，在田垄上采撷马兰，把黄花捧在胸前，荒芜而空荡的心灵会感觉短暂的充实和平静。因为不是女孩，又生怕被人笑话。往往在回校之前，就把马兰遗弃在荒山野岭了。

有一回，采了一把好明艳好灿烂的马兰。舍不得放弃，就把它带回学校。在路上我对自己说：如果碰到一个喜欢花的女孩，就把这捧花送给她。

经过校园的时候，真的有很多女孩惊讶地看着这个单瘦男孩手中那把大大的马兰，明亮的眸子里流露出羡慕的神情。但我太羞涩了，根本没法把一捧鲜花送给一个陌生的女孩。我在她们的注视下，飞快地跑了起来。跑得如校园内的一个影子。跑得人花合二为一，让别人看不清是我，也看不清是花。

回到寝室，在哥们善意的讥笑下，我仍然没把花丢弃，而是把它用绳线捆在床前。

很多日子过去了，师院的一个女生来我们学校看我，她伸手一碰马兰，枯萎的金黄花瓣如乱雪，纷纷下落……

就是那一刻，我们之间的朦胧感情趋于澄明……

她来告诉我，上个星期她与一个男孩正式确立恋爱关系。

我认识她已经有六年了。我不明白的是，这么多年来，我为什么一直没向她示爱？而我们之间，很多的言行，显然都超出了友情的范畴。

直到现在，我还是不明白，我为什么一直迟迟没有向她示爱？

认识她，是通过中学时的一个好友，而那个好友当时正在深爱着她。这也许就是我一直没有示爱的原因之一吧。

青春期，总有一些让我心悸的事情，回忆起来，冷暖参半……

药方一

主治：扁桃腺炎、霉菌性口腔炎、喉炎

方药：鲜马兰100克

用法：将鲜根洗净，捣烂，绞自然汁，每次1~2匙，含咽，连用3~5日

药方二

主治：急性睾丸炎

方药：马兰鲜根60克、荔枝核（盐水炒）10枚

用法：水煎服

苦　瓜

药用：清热涤暑，解毒，明目。

　　太熟悉的植物，反而不知怎么写。就像太熟悉的人物，时常觉得模糊。

　　我与苦瓜熟得不能再熟了，以致几次想写，都无法下笔。此时提笔，心里也没有一点儿底，想的是，写到哪儿算哪儿吧。

　　春天的时候，母亲总要在南园的墙角，撒上几粒苦瓜子。不几日，苦瓜就同别的植物一样，长出巧巧俏俏的芽儿。绿色的叶面上有很多褶皱，但并不显老，还是一副小儿女的模样。这好理解，就像满是雀斑的女孩，也不会因为雀斑的缘故而增加年龄。

　　然后就抽条了，纤细的藤儿沿着母亲布置好的瘦竹竿细腻地往上爬。爬不上，就用更纤弱的触须吊在竹枝上，再一耸身，就上去了。童年时，总想看着它耸身上竿的样子，可等了整个白天，它都不上吊翻身，等晚上睡去了，它却翻上去了。娇气的小模样，好像不费吹灰之力似的。

　　突然有一天，就开花了。是那种粉黄的小花朵。五瓣或者六瓣？薄薄弱弱的，看得人怜心得很。一朵不怎么显眼，很多朵就有些显眼了。很多朵聚在一起，使院墙角落冷绿的基调里有了一抹暖色。那暖色也不霸道，也不张扬。是那种熨心润肺的温暖。微风小吹，朵朵花瓣颤动，像一挂小黄蝶沾在上面。

在所有蔬菜的花朵中，苦瓜花不是最美的，但最养眼养心。苦瓜花透出的那种祥和宁静的氛围，最解田园风情。我想国画家若要画陶潜，最好在他身边画一丛苦瓜花，而不要画那种"宁可枝头抱香死"的张狂秋菊。陶潜身虽贫苦，但内心祥和空明，怡然自乐，与苦瓜花的气质最相配。

苦瓜花同丝瓜花南瓜花一样，雌雄异体，有些花，开便开了，不结瓜。只有少数花，带着瓜蒂，花落瓜长。也是眨眼间的工夫，瓜就长大了。

从小就一脸皱纹的苦瓜，让我老想着我外婆。我外婆的脸上，不比苦瓜脸上的皱纹少。我外婆还一脸苦相，比苦瓜的脸相还苦。我外婆风霜雪雨，这一辈子几乎是在苦水里泡着的，所以一脸苦相不足为怪。我就不知苦瓜怎么也会长成这副模样。莫不是它在历史进化的道路上遇到了什么阻力？或者因没人理解，而无言自苦？也许是吧。

小时候，最吃不惯的就是苦瓜。我们甚至怨恨母亲，为什么要种苦瓜这样的蔬菜。母亲那时总这样回答：你们不吃，我们吃。总不能因为你们不吃，我们就不种吧？母亲说的"你们"是指我和小妹。"我们"是指她与父亲。

没想到的是，苦瓜现在却成了我最喜欢吃的蔬菜之一。并且现在吃时，居然再也感觉不到小时那种难以下咽的苦味了。鲁迅先生有诗曰："世味秋荼苦，人间直道穷。"秋荼苦的世味我已尝遍，直道穷的人间我也久历，这时内心之苦已不在苦瓜之下，再去嚼咽苦瓜自然不会觉得它有多苦了。

童年时尽管日子艰苦，但内心明媚，因此对甜的食物特别感兴趣。然后日子一天天好过起来，而内心的阴影和污秽却越来越多，越来越来重。这时就偏爱苦瓜了，也许是想借以涤秽明心吧？

而苦瓜的生长过程却恰恰相反。绿藤上面的苦瓜没人摘，久了就会慢慢变黄，变红，然后开裂，露出大红大红的汁瓤来，这时用嘴舔一下，居然甜得腻人。谁也不知苦瓜是什么时候由苦变甜的，就像谁也不知自己舌头上的味蕾是什么时候从喜甜变成喜苦了。

人与苦瓜两种截然不同的生长方式，当然也可以说出一些喻意的。那喻意一目了然，我就不说也罢。很多时候，我从草木中可发觉人生的一些喻意，但我一般都不会说破它。把喻意说出来，就像要教育人似的。而我写文章，从没想过要教育人。

这时我在想念外婆。世间之人，只有我外婆的生长方式与苦瓜相同，我好期望外婆晚年的内心也如老苦瓜一样包藏一捧甜瓤。可事与愿违，前些天，我听从老家回长沙的母亲说，老外婆想肉吃，可没钱买肉。我听后，心里一酸，双泪顿时横流。那一刻，我是多么怨恨我的五个舅舅和我自己啊，我们当中百万富翁有之，十万小富几个，但居然让在老家凄苦度日的外婆说没钱吃肉。

但愿只是母亲耳背，没听清话的缘由，不然，我等做晚辈的，真是百死莫赎。

药方一

主治：中暑发热

方药：鲜苦瓜 3~5 个，茶叶适量

用法：取已长大而尚未开裂的苦瓜，在离瓜蒂 2 厘米左右处切断，挖去瓤，塞满茶叶，再将两截接合，悬挂于通风处阴干，研细末，每次 5~6 克，沸水冲，代茶饮

药方二

主治：目赤目痛

方药：苦瓜适量，灯芯草适量

用法：将苦瓜烘干，炒焦，研细末，每次 10 克，灯芯草 1 克，泡开水送服

大　蒜

药用：解毒，消肿，杀虫，通窍。

　　大蒜也是种熟悉的蔬菜，熟悉得不知如何动笔才好。

　　一个人骂另一个人嘴臭时，就说："你他妈的是吃了大蒜吧？"吃了大蒜的嘴巴，的确有种别样的气味，熏得人想吐。我喜欢搭公共汽车，碰巧就会有很养眼的美眉近距离地站在身边，这时就会觉得世界很美好。但也有倒霉的时候，恰好碰上一个一嘴大蒜味的粗汉与我靠在一起，粗粗地呼吸，气味尽往我鼻子里灌。不等车子到站，我就会提前下车。并且在随后好长一段时间，我都不搭公共汽车。

　　小时候，我好喜欢我二舅的。后来他参加工作了，老闻到他酒足饭饱后嘴中的大蒜味和酒气，就不再那么喜欢他了。也是从那时开始，我不敢轻易去嚼大蒜。我怕别人也暗地里嫌弃自己。青春期的人儿，天不怕地不怕，就怕别人嫌弃自己。如果有选择，宁愿别人憎恨自己，也不愿别人嫌弃自己。

再后来结婚了，妻子有一次在外面吃了大蒜，还喝了酒，回来醉沉沉地一躺，那气味把整个的我都弥漫进去了。害得我一晚上没睡好。天明，笑着警告她，如果不想离婚，就别吃大蒜别喝酒。妻子一脸羞怍，诺诺而应。并且与我约法三章，她不吃，我也不准吃。我说我本来就没吃啊。妻子笑道：是吧？你每次从外面吃饭回家，我都塞一颗口香糖放在你嘴里，你以为我是干什么？示爱吗？不是。我是避免自己受大蒜味刺激咧。

这下轮我脸红了。呵呵，在湘菜体系中，大蒜是不少菜的作料，想避都避不开。我可能就是不知不觉就吃进去不少吧？

这篇文章，本来是想多写一点的。介绍怎么用大蒜煮鱼，大蒜炒风吹肉，大蒜炒香干子，等等。这些都是我的拿手好菜。可发了上面一番感慨后，顿时失去了介绍的兴趣。

本来还想写写童年时是怎么种大蒜的。怎么在九月的阳光下，挖翻湿润的泥土，然后星星点灯般地插上大蒜子，铺上稻草，静等它们的芽儿从稻草缝里钻出来。可这会儿也没兴致了。

本来还想写写童年时把一头白一头绿的蒜头拍碎加盐腌起来，做春天里的零食儿，既解馋又杀菌。可现在都没兴趣了。

我写文章全凭心情而来，写到哪就算哪。这篇就这样收手吧。

上午去买火车票，星期天回衡阳，参加星期一岳父的六十岁寿宴。本来有些忙，但写完这篇文章，突然觉得自己的事应该放一放，回去一趟，让岳父高兴高兴。做一回不那么利己的事情。要不然，一个人忙自己的事久了，精神上都会散发出一种大蒜味。

药方一

主治：大叶性肺炎

方药：大蒜头 9 克，白糖 10 克

用法：将大蒜头去皮，捣烂如泥，加入白糖，沸水冲泡，1 日内分 3 次服完，连服 3~5 天

药方二

主治：预防流行性感冒

方药：大蒜头 1 个

用法：去皮，捣烂取汁，加冷开水 10 倍，滴鼻，每日 3~5 次

仙人掌

药用：消热解毒，行气活血。

　　仙人掌。仙人的巴掌。莫名其妙地冒出来，重峦叠嶂，像千手观音。

　　为什么叫作仙人掌？是掌形像，还是因为掌上带刺？仙人在人间可以发号施令，所以他们的掌上也长着与人过意不去的长刺？真不知最先取这名的人心里是怎么想的。

　　瑶村，我家楼顶，栽了两盘。用两个破脸盆，里面装沙，把一块仙人掌埋在里面，从此就可以再不管它了。它自己在无水无肥的脸盆里居然也可以长出许多的子掌孙掌来。有一年还开了很多淡黄的花朵。真的很美，美得突兀，美得莫名其妙。南方所有的花都长在叶中，长在芽上，长在枝头，唯有仙人掌花粘在巴掌般的硕茎上。

　　我家的仙人掌是我妹妹栽的。妹妹是个懒性子，但偶尔还是会打理一下。比如夏天，两个月不下雨，妹妹就会给仙人掌浇点水。又比如那些孙掌们长得往下坠，妹妹就会把它剪掉。然后妹妹出嫁后，仙人掌就再没人管理了。

两年前，我把父母接到长沙来住，家里一把大锁将门锁住。仙人掌在楼顶就只能孤独地生长了。也不知现在还是不是活着的？

按说，应该是活着的，它是仙人掌嘛，只要仙人活着，他们留在人间的掌也应该是活的。不然，拿什么去惩罚人世间做了坏事的恶人？

仙人是如何惩罚恶人的呢？我估计，是夜里，等恶人们睡着了，仙人掌就抓起在一旁立着的命运使劲地掀耳刮子，把他们的命运打得面目全非。打得他们今日高堂阔饮，明日银铛入狱。

我在广州打工的时候，见过一株最大的仙人掌。它长得很魁伟，高达三米以上，比一层楼还要高，凛凛自威。当时我真希望，夜里的仙人操起这支硕大的巴掌，把全城的坏人都敲打一遍。打工期间，我见过太多为富不仁的事情，内心太愤懑了！因此偏执的念头总是一箩筐一箩筐地往外冒。

我现在不富也不穷，但做了一份职业，这份职业需要有良心的人做。我希望我的良心一直保存完好。为了警醒自己，我在长沙家里也养了一瓶小小的仙人掌。几年来，仙人掌都仿佛处在休眠状态，大约它觉得像我这样的书生，是不需要看管的。所以一直睡，一直睡，不见醒过来长半分。

我就爱这么瞎想，瞎想的时候有时也忍不住往自己脸上贴金，也不脸红。嘿嘿。

药方一

主治：心悸失眠

方药：鲜仙人掌 50 克，白糖 30 克

用法：捣烂，绞汁，加入白糖，开水冲服，每晚睡前服

药方二

主治：慢性胃炎、溃疡病

方药：仙人掌根 30 克，猪肚 1 个

用法：加水共炖烂，分 2 次服。亦可将仙人掌切片晒干，研细末，每次
1 克，日服 2~3 次，胃酸过多者加乌贼骨末等量同服

跋一　一个乌托邦式的植物世界

叶　梦

当我打开《草木童心》，立刻被吸引住了，这年头，真是难有阅读散文的兴致。传统的和正在流行的文本很难让我有阅读的胃口。我出生在一个中药铺子里，中药香味的世界对于我是亲切而熟悉的。我喜欢药香。

从目录看来，《草木童心》好像是写能够入药的植物，客观地写那些药，也没什么了不起的，也是很多人都能够写的，那还不如读李时珍的《本草纲目》呢。

《草木童心》还附有植物的药用的方法，这样很容易让人认为是一部科技读物。错了。这不是一部植物学读物。

以植物为由头写一本书，常常让人怀疑是不是会牵强？作者写到半路是不是有会玩不下去的感觉？

《草木童心》完全出乎我的意料。作者完全是借写植物来写自己，写自己的成长、成长的环境以及自己的心灵世界。

《草木童心》使我想起了梭罗的《瓦尔登湖》，但是，梭罗没有把客观场景与主观心灵融合得如此恣意。《瓦尔登湖》回应了现代都市人对于宁静的渴望，逃避喧嚣都市，有意识地融入自然。但是，他对于风景的感受是成年的，远不如作者童年的经历的精神色彩之斑斓。作者的本事，就在把普通的山村、普通的植物与个人的成长是那么美妙地结合在一起。

谢宗玉是一个在农村长大的孩子，他在《草木童心》里描述的世界就像一个与世隔绝的乌托邦。通过他的文字，我在想象里建构了《草木童心》里的瑶村，那是一个奇妙的世界。那个世界也许与我们要真正见到的瑶村会有差别，但是它是属于谢宗玉的，我们无法复制。客观的场景我们可以再次去体验，一个人心灵的经验是无法复制的。

谢宗玉的高明之处是在借写药，达到处处体现他成长的经历与场景的目的。他的成长和那些植物有密切的关系。《草木童心》是一个作家的生存的背景，作者向我们描述的是那个遥远的遍地药香的瑶村。我们由此熟悉了他童年的伙伴以及他的家人。

《草木童心》里面的很多体验，比如身体与植物的那种关系是在城市长大的人所没有的。作者的脚受伤后肿胀得厉害的时候，他写道："我的父母想到了半边莲。故乡安仁县瑶村的田垄上到处长有半边莲。水水嫩嫩的半边莲，生着颀长的叶子，开着淡紫的小花，相互牵牵连连的，扯一根，就可带出一串。洗净，用石头擂烂，湿湿凉凉的，往我脚上一敷，呀，舒服死了。再用布一包扎，我一摇一跳，又可以上山滚石头去了。"

在谢宗玉的笔下，植物都被人化了、灵化了，它们的生命是有灵性的。开篇的《臭牡丹》就气势不凡，这篇作品的容量超越了人对于一种植物的怀想，让人感觉到宗教意识，神秘而妖邪的臭牡丹昭示着人的命运，吸引人读下去。

臭牡丹一开放，便会引来蜂团蝶阵，甚至无数不知名字的爬虫。那些样子丑陋、闪着光的爬虫在花蕊里走来走去，让我们看着好害怕。花也由此染上了一层神秘而妖邪的气息。瑶村没有哪种花会让我们觉得害怕，可面对臭牡丹，我们纯稚的心灵总会传出一种本能的悸颤。

那么邪艳的臭牡丹，童年时有一天，我居然在无人的时候，心惊胆战地摘了一朵。我跑到屋后的溪谷边，用清凉的溪水将花蕊中奇怪的寄生虫冲走，然后将花放在胸口，在松风下的岩石上懵懂睡着了。

我以为：《草木童心》不完全是写药，也不是完全是写植物；其实是写人，写人与植物的关系，并由此放大到一种宇宙精神，这种精神常常被我们忽略。

我感觉谢宗玉散文一开始起点就很高的，他把握了散文的要义，紧紧地贴近人的心灵来着笔。作者提供的场景是一个现实世界与精神世界奇妙结合的部位，作者写的个人的感觉也是他的精神心灵史。这些感觉通过气息味觉嗅觉来行诸笔墨，这些感觉对于一个人来说弥足珍贵。

《草木童心》让我进入到一个奇妙的世界。作者以这样的表达方式进入我们的心灵，出其不意地打动了我，让我经历了人在花草灵幻世界的游历，感觉很爽啊！

《草木童心》展现了童年妙不可言的经历和感受。对于在城市风尘里历练的成年人来说，《草木童心》是一杯清洌的甘泉，亦可以作为一种精神的保湿剂，可以润透浮躁的心。

谢宗玉是一个天分很高的人，他看上去憨厚朴实，心灵的感觉却细腻胜过女子，他拙于言辞，方言较重，也许正因为这样，谢宗玉在感觉与文字表现的能力上有超人之处，他的才气没有通过语言的泛滥而流失，那些生命的元气都守候在心灵的最深处，一喷发就有了锦心绣口的文字。他的文本的适应性极强，能够左右开弓，散文、小说、评论、诗歌都有涉猎。奇怪的是，每一种文体他都玩得那么得意，差不多都抵达一种相当高度。在我知道的作家里面，拥有如此全能禀赋的确实罕见。

跋二　草"管"人命

一

写这本书，上苍给我创造了两个条件。

一个是显性的：有一年夏天，故乡搞了一个"中国神农药文化节"，邀请我和省内一些文艺家们去采风，并要求我们能写点什么。正因为这个，我才会去书店查翻药书。一本《中药原色图谱》，让我醍醐灌顶，原来瑶村从小与我相依相伴的草木，居然都是医命治病的良药。我写作的灵感由此泉涌而出。

另一个是隐性的：这么些年来，我一直居住城里，怀念乡村的散文却越写越多，连我自己也搞不清这是怎么了。有评论家说我是跟风，看着乡村散文火了，就跟着写乡村散文。事实上，这个社会什么不火呢？由个别人带来的乡村散文之火与萤光何异？我要去跟什么风？随人家说去吧，我连辩解的念头都没有。现在我终于明白了，污浊的城市把我搞得五劳七伤，而乡村却有医治我的气候、气息和气场，身体受到神秘的指引，潜意识里一遍又一遍地怀念乡村。以前不得其法，现在才知谜底是乡村那些草草木木。

我一边写作，一边为自己的无知感到可笑。

很多草木生长在我身边，一直在暗中保护我的身体，培植我的心性，比一个保镖和一个家庭老师都重要得多，而我却浑然不知，连一丝感恩的心情都没有。我懵懵懂懂地活了这么多年，真感到羞耻。

其实不单单是我这样懵懂地活着，瑶村大多数人都这样懵懂活着。懂草药的人略略可数。即使懂，也只懂点皮毛，知其然，而不知其所以然。

其实不单是瑶村人这样懵懂活着，城里人何尝不是这样活着？如果知道那些草草木木都是人类的良师益友，大家又何苦要削尖脑袋往城里挤呢？

所幸的是，瑶村人即使不懂草木，草木也在暗中保护着他们，瑶村人的祖祖辈辈在一年四季的草木气息中，活得快乐而健康。瑶村的高寿者比比皆是。大多数瑶村人离去时都非常清爽，往往无疾而终。瑶村的喜丧一直操办得像一场又一场的人生盛宴。

而城市人的心性日益变得浮躁疯癫，城市人的身体几乎全都处于亚健康之中。这时，就算每一个城市人都挤眉弄眼地微笑，那都算不上和谐，只能算作疯癫的一种。

我大概算是一个觉醒者了。难怪深居都市的我，为什么总会对人说，想回到瑶村去住。许多人也许以为我这类人是矫情。其实并不是。回乡村居住不但是心灵的需要，也是身体的需要。身体不是个没有知觉的傻瓜，它知道什么地方适合自己生长，只可惜它受意志控制，做了无奈的囚徒。如今我已是疾病缠身，痛神经时不时要受疾病的折磨，这时写这本书，那份酸苦和悲凉自是无法言说。我在城里已经扎根，再要拔起，是何其难啊！

读了这么多年的书，要说也该算得上一个知识分子了。现在想来，实在是不堪回首。我怎么就没去读医药呢？我怎么就没有深层次地去了解故乡的草木和它们与人类的关系呢？

二

草"管"人命。人类的性命其实掌握在草木手中。草木掌管着人类生命的秘密，但却没有几个人去研习草木，倾听草木的声音。这一点，秦始皇倒似乎比别的古代君王要做得好些。焚书坑儒那会儿，他就保留了医药书和种树的书。但他只是把这些书保留在宫廷里，医治他自己和他身边几个人，至于老百姓的生死他才不管呢。老百姓就像地里的庄稼，反正可以一茬一茬地生长，他才不关心呢。

西汉从成帝到哀帝期间，刘向刘歆父子编校了史书《七略》，七略之中最后一略，是《方技略》，里面收集了药经、经方、房中、神仙四种书籍。这是统治阶级在整理诸如《兵书》《六艺》《数术》《诸子》等治国方略时，第一次由政府系统整理医书，但是杂在其他书籍之中。直到唐朝高宗年间，我国才有一部由政府正式向民间发行的药典《唐本草》。也许只有在那时，老百姓才知道，原来统治阶级不仅仅只喜欢制定各种法令，偶尔还能颁布药典，关心他们的疾苦健康。在众多历史学家的眼中，唐高宗不值一提，但冲着他以国家的名义颁布了人类第一部药典，我认为他是有史以来最圣明最具人文关怀的君主！想想看，千百年来，尼采笔下那些拥有强力意志的人只知道杀人放火，盘剥百姓，一直到盛唐，才有统治阶级懂得真正关心民间百姓疾苦，让更多的人知道治病救人的良方。此一善举，难道不足以功耀千秋吗？

在流传后世的医生中，有唐代御医孙思邈和宋代御医王惟一，很可惜，我没有查到他们的官品，不知他们属几品官，但不管怎么说，他们官职都不会超过那些将相王侯。按清代宫廷的规律，就算是皇帝的贴身御医，能够官拜五品六品，就已经非常不错了。而在唐代掌管朝廷尚药局的最高官员，好像也只有正七品。

除了官位不高外，在强人意志的社会，医生的性命也朝不保夕。我们常在小说、电视里，看到医生给达官贵人们治病时的诚惶诚恐。治好了就是幸运，若是治不好，轻则踢出门外，重则咔嚓杀头，做了病人的殉葬品。历朝历代都有昏君因为宠妃久病不愈，而将一干御医拿下问罪。就算是最有名的医生如扁鹊华佗者，也不能苟全性命于乱世。而他们的传奇故事，也只配作为杀人英雄典故的作料。

韦疾忌医说的是谁？人们头脑里的第一印象一定是蔡桓公。事实上在这个典故里，能够三次精确无误地指出蔡桓公病因的扁鹊，医技是多么高超啊，可人们只有时间讥笑蔡桓公，并无工夫传颂扁鹊。蔡桓公要杀扁鹊，扁鹊料事在先，早逃了。可毕竟医名太盛，遭人嫉妒，结果还是死在了秦国太医令之手。

还有刮骨疗伤这个典故，人们一想起这个词便会想到关云长的坚忍，而不会想起华佗神乎其技的医术。事实上，在《三国演义》里，华佗只是一个小小的配角而已，就是为了烘托关云长的豪情义气和曹操的奸诈多疑。烘托完后，华佗便死于非命。千辛万苦所著医书《青囊书》，由于所托非人，也被做了煮饭引火之燃料。真叫人感慨万分。

经过上面两个事例，我们不难看出，越逢乱世，医生越容易成名，而越成名的医生，性命越难以保全。那些名医，术成之后，不能坐享荣华富贵，只能抱头鼠窜、流离失所。只因为杀人英雄手下有强兵壮马，而医人英雄手头只有灵草秀木，力量差距太悬殊了，在这样的时代潮流中，怎么能让人潜心学医呢？

明代的李时珍是个特例。秀才李时珍一开始也想在政途上有所作为，但三次举试都名落孙山，绝望的李时珍只好反其道而行之，在二十三岁的时候，决定潜心学医，十几年来，阅读大量古籍医书，"长耽嗜典籍，若啖蔗饴"，既而发现许多古医书"品数既烦，名称多杂，或一物析为二三，或二物混为一品"，特别是许多有毒性药品，竟被认为可以"久服延年"，实在遗祸无穷。于是，他决心要重新编纂一部本草书籍。三十岁有此念头，六十岁才修得正果，著成《本草纲目》。全书约有一百九十万字，五十二卷，载药一千八百九十二种，新增药物三百七十四种，药方一万多个，附图一千多幅，成了世界药物学的空前巨著。由此也成就了自己在历史长河中的盛名。在我看来，他几乎可以与传说中的神农相媲美。

很多人学医属"曲线救国"，一朝声名远播，便想挤进宫廷御医之列。李时珍学医则纯粹是为了医道，他终老山林，享年七十五岁，也算是上苍对他的恩赐了。上苍以李时珍为榜样，给后人指明了另一条生存之道。但后人并不理会上苍的意旨，跟随者依然寥寥。

三

上苍造人一定是后悔了。它造的山川万物都能相辅相承，互利互惠。唯有人类，做了彻头彻尾的反叛者，成了万千生灵的敌人。在这个星球上，趾高气扬，气势汹汹，要灭谁就灭谁！把上苍精心谋划的地球格局，一块块打破推翻，城市像孢子植物一样任意向外延伸，几百万、上千万人口的城市在地球的各个地方到处生长，把整个地球搞得乌烟瘴气，一片狼藉，让上苍也莫可奈何。

前些年流行的一些细菌性疾病，我估计就因为人类改变了上苍制造的环境气场。一个环境的气场是千百年来一草一木构筑而成的，一旦破坏，一些生灵被毁灭，势必会导致另一些生灵疯狂生长。

我不知道，人类究竟什么时候能够收手？

我不知道，不能收手的人类究竟会在什么时候丧于地球万物的报复之下？

我只能做到自己收手，尽量无为，与山川大地浑然一体，达到忘我的境界。既不助长自己的物质欲望，也不助长自己的精神欲望。绝智灭欲，愚朴懵懂，努力向庄子的生存状态靠拢，做天地间一名真正的逍遥者。

我写这部书的目的，也不是为了引导别人什么，更不是要给病痛的人类开什么良方，我不是医生，不懂药理，也难以辨识草木之真伪。我写它们，只是为了感谢故乡的那些草木，让我在懵懂中度过了无灾无病的青少年时期。我写它们，只是为了表达内心深处的那份深深思羡。我要叙述的，只是年少时与它们相依相伴的那份和谐而美好的感觉罢了。这些草木，有些医治过我，但更多的并没有直接医治过我，可它们却以自己独特的药香制造出瑶村浑然天成的气场，将我笼罩其中，加以培植。它们对我的影响，每时每刻无处不在。并且，它们在抚育我身体的同时，还暗塑了我的心灵，在某种程度上，决定了我一生的命运。由于从小与它们相处久了，我现在都不懂得在人群里如何生存，我活得非常茫然而麻木，只有在它们中间，我的欢笑和泪水，才那么纯粹，那么让我回味无穷。

刚开始时，我只是准备写一组散文，但写着写着，就收不住笔了。太多关于故乡的回忆，藏在这些草木之中。我写了一株，又会想起它相邻的一株，就这样一直写下来，渐渐就有了一本书的规模。即便如此，故乡还有更多的草木，没有进入我的笔下，没有进入我的视野中来。我只能对那些草木，说声抱歉。

近来，我在城市的生活环境越来越糟糕，我的心气也变得异常浮躁，我身体的病痛也接二连三地折磨我，摧残我。但这组散文却在润物无声地拯救我。我写它们的时候，它们那一张张比人类生动百倍的笑脸宛若浮现在我眼前，将我包围，让我浮躁的心灵平静祥和，让我破败的身子渐渐恢复。在写作的幻境中，我感觉体内的血流得欢快，每一个细胞都健美活泼，心灵如饮甘醇，气息通顺畅达。这也是我不忍辍笔的原因之一。仿佛不是我的笔在将它们呈现，而是它们从黑暗的记忆深处自个儿跑来，一个接着一个地跟我聊天，说着过去那些琐事。并在聊天的过程中，以它们特有的气脉暗暗地医治我的灵肉。

我感觉，这也是上苍有意安排它们的。

我早已年过不惑，可我准备从零开始去学中医，这应该不算太晚。我并没想要在医学上做出多大的贡献，我在乎的是学习过程。学医的过程，是一个与草木山川打交道的过程；学医的过程，也是一种让浮躁灵魂得到安宁的最好过程。我现在才明白，那些医学家为什么会有一副道骨仙风的模样，是草木培养了他们清淡闲散的气质。草木是他们的朋友，而病人反倒成了他们的另类。治病救人，只是出于一种道义、慈悲、仁爱。他们是上苍的助手，不与普通的俗人为伍，从而成全了自身一尘不染、浑无烟火的模样。

我羡慕他们的模样和心性。我希望做那样一类人。

同时，我希望很多人能够仿效我，去研习草木。不要怕资源浪费，学成之后，哪怕就是医治自己一个人，也是莫大的功德。如果这个社会，每个人都知道自己的疾病之所在，并且能准确无误地医治，那么整个社会就不会出现诸如战争、杀人放火、抢劫强奸、投毒偷盗等那么多"疾病"了。